Midnight-Ladies

Bibliografische Information der Deutschen Nationalbibliothek:
Die Deutsche Nationalbibliothek verzeichnet diese Publikation in der Deutschen Nationalbibliografie; detaillierte bibliografische Daten sind im Internet über dnb.d-nb.de abrufbar.

TWENTYSIX – der Self-Pushing-Verlag
Eine Kooperation zwischen der Verlagsgruppe Random House und Books on Demand
© 2020 Leopold, Laura
Herstellung und Verlag:
BoD – Books on Demand, Norderstedt

ISBN: 9783740763862

Inhaltsverzeichnis:

	Seite
Midnight-Ladies	6
An einem Sonntagnachmittag	198

Midnigt-Ladies

Die vorliegenden Verdachtsmomente reichen nicht aus, um eine fristlose Kündigung des Mietverhältnisses zu bewirken, schrieb unser Anwalt abschließend, nachdem ich die ihm überreichten Unterlagen abholte. In seiner Kanzlei überprüfte ich die Vollständigkeit der Belege - Mietvertrag, schriftliche Abmahnung, eine sicher nicht vollständige Liste mit Männerbesuchen unserer neuen Mieterin.
Die kritisch beobachtenden Blicke seiner Angestellten zeigten, dass es eher ungewöhnlich ist, einem Anwalt Untätigkeit zu unterstellen.
Eine schnelle Kündigung hatte er zugesagt, wenn ihm schriftlich formuliert der Kündigungsgrund zugeleitet würde. Noch am Nachmittag desselben Tages würde die Kündigung geschrieben werden, sagte er. Jedoch erhielten wir stattdessen ein Beschwichtigungsschreiben des Inhalts: So kurz nach einer Abmahnung könne man ja wohl auf Seiten der neuen Mieterin nicht reagieren, um häufige Besuche von Männern - Kunden? - abzustellen. Der Anwalt riet, weiterhin zu beobachten, möglichst mit Zeugen, Autokennzeichen aufzuschreiben und die Häufigkeit der Männerbesuche festzu-

halten. Telefonisch war er in der Folgezeit nicht für mich zu sprechen. Von seinem Büro wurden mir Termine in vier bis sechs Wochen genannt.

Weitere vier Wochen untätig diesem unerträglichen Treiben vor unserer Haustür zusehen und sich möglicherweise später den Vorwurf der Duldung gefallen lassen zu müssen, erschien uns unzumutbar!

Als nächstes erreichte uns ein mehrseitiges Schreiben des Anwalts unserer Mieterin, das uns die Behauptung untersagte, seine Mandantschaft betreibe ein bordellartiges Unternehmen. Für die Verbreitung könnten wir gerichtlich belangt werden. Von dieser Möglichkeit sähe seine Klientin zur Zeit jedoch noch ab.

Hiernach unternahm ich einen weiteren Versuch, unseren Anwalt zu sprechen.

Dies war nur über seinen Anrufbeantworter möglich. Das Aktenzeichen eines Urteils des Münsteraner Amtsgerichtes teilte ich ihm mit, in dem es heißt, dass schon der bloße Anschein der Prostitution für eine fristlose Kündigung ausreiche.

Zeitweise war ich über die Untätigkeit unseres damaligen Anwalts fast ebenso zermürbt, wie über den Grund seiner Inanspruchnahme. Ich fühlte mich allein gelassen!

Bei der ersten Kontaktaufnahme signalisierte er noch reges Interesse. Nach den von mir geäußerten Beobachtungen und der Aussage, unsere Mieterin gehe offensichtlich der Prostitution nach, fragte er: "Inseriert sie?" „Nein, das kann sie nicht! Sie ist Sozialhilfeempfängerin." „Aber dann sind sie doch arglistig getäuscht worden, oder hat sie ihnen mitgeteilt, dass sie häufig Männerbesuche erhält?" „Nein, sonst wären wir ja hellhörig geworden."
Alles begann mit der harmlosen Anzeige: Fünfunddreißigjährige sucht Wohnung bis 250,-- Euro.
Als ich anrief und unsere leerstehende Wohnung anbot, war eine der ersten Fragen: „Macht es ihnen etwas aus, wenn das Sozialamt die Miete bezahlt?" Ich schluckte, erwiderte jedoch: „Warum fragen sie?" „Das habe ich schon oft erlebt," lautete die sanft traurige Antwort. Mitgefühl breitete sich aus und ich verdrängte meine anfänglichen Bedenken, sagte mir, dass jemand schnell unverschuldet in die Abhängigkeit des Sozialamtes geraten könne.
Ich erwiderte jedoch unverblümt: „Was uns ganz bestimmt etwas ausmacht, sind unruhige Mieter." Dafür zeigte sie Verständnis und versicherte, sie sei alleinstehend und erzählte

gemächlich, dass sie gerade eine Trennung hinter sich und ein starkes Bedürfnis nach Ruhe habe.
Wir verabredeten uns für den Nachmittag dieses Tages zu einer Wohnungsbesichtigung.
Es war ein warmer, sonniger Sonnabend im Juli.
Ich beendete rechtzeitig meine Gartentätigkeit und wartete. Eine Viertelstunde nach dem vereinbarten Termin griff ich zum Telefonhörer und wählte die Nummer der Inserentin.
„Hatten wir nicht einen Termin," fragte ich verstimmt.
Es seien noch so viele Anrufe eingegangen, erwiderte die Wohnungssuchende, so dass sie nicht weg konnte. Gerade habe sie ebenfalls anrufen wollen, um den Besichtigungstermin auf Montagnachmittag zu verschieben.
Zu diesem Termin erschien sie zu früh. Ich war noch nicht zu Hause und so stellte ihr mein Mann das Mietobjekt vor.
Als ich zur verabredeten Zeit daheim eintraf, war sie bereits fort.
„Welchen Eindruck hat sie auf dich gemacht?" fragte ich Klaus."Sie ist ziemlich dick! Gesagt hat sie nicht viel, hat sich umgeschaut und will sich melden."
Kurze Zeit später klingelte das Telefon und sie teilte mit, sie wolle die Wohnung gern haben.

Ich vertröstete sie und antwortete, mich noch nicht entscheiden zu können, weil am Vormittag bereits andere Interessenten eine Besichtigung vorgenommen hätten und gern einziehen wollten.

Meine Gesprächspartnerin am anderen Ende der Leitung betonte, wie gern sie diese Wohnung möchte. Es klang wie ein emotionaler Ausbruch der sonst stillen, wortkargen Frau. Da wir uns gerade verfehlt hätten, möchte ich sie kennenlernen, erwiderte ich und wir verabredeten uns zu einem Treffen in ihrer jetzigen Wohnung.

Die Gegend war nicht schlecht.

Vor dem Haus warteten zwei jüngere Männer, die mich auffällig betrachteten. Sie wirkten ungepflegt. Im Vorbeigehen dachte ich, ʼHier wohnt ja doch ein komisches Volkʻ. Heute weiß ich, dass es Bekannte der Umzugswilligen waren, die sie wegen meines Besuchs vor die Tür geschickt hatte.

Die kleine Wohnung wirkte aufgeräumt. Das Wohnzimmer war spärlich möbliert. Es gab einige welkende Topfblumen. Obwohl die Balkontür geöffnet war, roch es stark nach süßlichem Zigarettenrauch.

Behäbig, scheinbar ruhig, saß die Wohnungssuchende auf dem Sofa des kleinen Zimmers, dessen Einrichtung im Wesentlichen aus der geometrisch lila-grau gemusterten Couchgarnitur, einem großen Fernsehgerät und einer Musikanlage mit überproportional großen Lautsprecherboxen bestand.

Mein Gegenüber zeigte eine Vorliebe für Leggings, wie viele Korpulente, die ihre schlankeren Körperpartien präsentieren, obwohl die üppigeren dann stärker hervortreten und Leggings längst aus der Mode waren.

Da der Küchenteil unserer Wohnung sehr klein ist, schaute ich mir ihre Küchenmöbel an und erkannte, dass die bei uns keinen Platz finden würden. Die seien so gut wie verkauft und sie würde sich einen Küchenblock anschaffen. Verschiedene Möbel müsse sie sowieso noch abgeben, da sie sich gerade von ihrem Mann getrennt habe. Sie sprach langsam und gemäßigt wehleidig. Trennungen sind heutzutage normal, sagte ich mir.

Nichts wies auf das hin, was sich in der Folgezeit ereignen sollte.

Alles machte einen ordentlichen Eindruck.

Wir sagten den anderen Interessenten ab, nachdem die Legginghosenträgerin mehrfach höflich bescheiden wegen der Wohnung mit uns telefonierte.

Wir glaubten, die richtige Wahl getroffen zu haben.

Jemand, der kein Auto besitzt, lebt geradezu ideal bei uns. Einige Häuser weiter sind Bushaltestellen, den täglichen Bedarf an Lebensmitteln, Haushaltswaren und Textilien decken die Geschäfte in unmittelbarer Nähe ab. Das Sozialamt und weitere Behörden sind zu Fuß in wenigen Minuten erreichbar. Dafür ist nur der Marktplatz zu überqueren.

Die Wohnung ist ebenerdig, hat einen separaten Eingang, ist auf eine Person zugeschnitten und könnte bei entsprechender Möbelierung gemütlich sein. Die Fenster liegen zum großen, malerischen Garten, aus dem das Gackern unserer Hühner, das Krähen des Hahnes und Vogelgezwitscher zu vernehmen sind. Der romantische Garten lässt das geschäftige Treiben auf der Straße vergessen.

Unsere Entscheidung für diese Mieterin war mit Sicherheit durch so etwas wie Edelmut bestimmt. Wir glaubten, ihr eine Wohnung zu geben, in der man sich wohlfühlen konnte, deren Miete voll vom Sozialamt akzeptiert wurde, die durch ihre Lage viel Positives bot. Dass die Wohnung aus ganz anderer Sicht äußerst positiv bewertet wurde, bemerkten wir erst kurz nach dem Einzug.

Die Frau drängte auf Abschluss des Mietvertrages, da sie die alte Wohnung bereits gekündigt habe. Auf die Frage nach der

Einhaltung der Kündigungszeit sagte sie, bei ihr sei nichts zu holen. Sie habe die sehr viel höhere Miete nur tragen können, weil sie eine Putzstelle habe, später sprach sie sogar von zweien, von denen ja niemand etwas zu wissen brauche.

Die Erwähnung der Putzstellen erzielte das gewünschte Ergebnis, gab vielleicht sogar den Ausschlag für die Entscheidung zu ihren Gunsten, denn wer putzen geht, ist fleißig, ehrlich und sauber, dachte ich zumindest in diesem Moment.

Sie habe sich auch schon in einer großen Fabrik für Autozubehörteile beworben, um möglichst schnell von der Sozialhilfe wegzukommen, sagte die Unattraktive. Eine Anstellung in der Fabrik schien mir wenig aussichtslos wegen des dort, wie überall, praktizierten Personalabbaus. Es war damals keine gute Zeit für Beschäftigungssuchende.

Beim Umzug half eine schwarzhaarige Frau tatkräftig mit. Es war die Freundin der neuen Mieterin. Sie war die Aktivere von beiden und wirkte patent.

Schwierigkeiten ergaben sich, weil niemand den gemieteten Kleintransporter fahren konnte, denn die Beiden besaßen keine Führerscheine und so bat man mich zu chauffieren.

Ich lehnte ab und so tat dies ein Bruder der neuen Mieterin und half beim Möbeltragen.
Da an der Gasheizung noch Veränderungen vorzunehmen waren, verständigten wir einen Installateur. Der Handwerker glaubte, die beiden Frauen zu kennen, erzählte er Klaus. Sie hätten vor Jahren zusammen in einem Haus im Westen gewohnt, das neue Heizungen erhielt.
„Den Mann von der Schwatten kennst du doch! Das hat doch in der Zeitung gestanden, dass der zwei Frauen ermordet hat," erzählte er.
Wir erschraken, beschwichtigten uns jedoch damit, dass man nicht die Frau oder die ehemalige Frau dafür verurteilen kann, wenn der Mann ein Mörder ist.
„Wer weiß, ob das überhaupt stimmt?"
Es traf zu!
Die Tat lag mehrere Jahre zurück. Wir konnten uns nicht mehr daran erinnern, wohl aber ein guter Bekannter. Er wusste sogar den Namen des Mannes und glaubte, er habe seinen Vater umgebracht und im Vorgarten seines Hauses verscharrt, sowie den zerstückelten Torso einer Frau in die Kanalisation geworfen, der dann im Düker stecken blieb, wurde das damalige Verbrechen konkreter.
Auch der Bruder der neuen Mieterin, der das Umzugsauto fuhr und die Küchenmöbel

anschraubte - es wurden doch alle Schränke mitgenommen und aufzustellen versucht - hatte offensichtlich spezielle Kenntnisse, denn er zeigte sich äußerst bereitwillig beim Aufbrechen von Autos.

Ein Handwerker hatte seinen Autoschlüssel verlegt und spontan schlug der Bruder vor „knacken!" Nein, bloß nicht! Die Heckklappe sei unverschlossen, nur starten sei unmöglich. „Ganz einfach – kurzschließen," so der Bruder. Seine Schwester warf ihm einen Blick zu, der ihn verstummen ließ.

Schon zu diesem Zeitpunkt war ich froh, dass wir zuvor die Mietwohnungsfenster zum Garten mit gutaussehenden Gittern versehen ließen. So konnte niemand, der dort nichts zu suchen hatte, in den Garten gelangen.

Schon nach dem Aushändigen des Wohnungsschlüssels bekamen wir einen gewaltigen Schrecken, weil wir den damaligen Freund unserer Mitbewohnerin als Trinker kannten, der häufig im Gefängnis saß wegen angeblich nicht gezahlter Unterhaltsleistungen für seine Kinder aus seiner geschiedenen Ehe. Er besichtigte die Räume, um bei technischen Fragen zu helfen.

Seine Bewegungen waren fahrig und er schwankte. Während er seinen fachmännischen Rat und seine Hilfe anbot, gestikulierte er mit seinem Gipsarm und erläuterte, dass in die rechte Hand eine Metallplatte eingesetzt worden sei. Ich fragte nicht, wie es zu dem Trümmerbruch gekommen war, konnte es mir irgendwie denken. Seine weiteren Vorschläge von geselligen Zusammenkünften der Hausbewohner in der Einfahrt erstickte ich mit „träum weiter," im Keim. Der Betrunkene erinnerte noch an die alten Zeiten vor seinem Absturz und prahlte mit seiner Tüchtigkeit als Baggerfahrer. Ja, selbst total betrunken habe er ein gefülltes Bierglas mit dem Löffel seines Baggers umsetzen können ohne etwas zu verschütten.

Eine nach Schnaps riechende Mineralwasserflasche blieb vom Tage des ersten Zusammentreffens in der soeben vermieteten Wohnung zurück.

Das Nächste vernahmen wir einige Nächte später von ihm. Gegen halb eins schellte es an unserer Tür. Im ersten Erwachen hörten wir jemanden sprechen, waren sofort hellwach und fragten durch die geschlossene Tür! „Wer ist da?" „Ich bin 's – Erwin," lallte er. „Geh nach Hause. Du hast hier nichts zu suchen! Hau bloß ab, sonst holen wir die Polizei! Du hast hier Hausverbot!" Verständnislos stammelte

er: „Das fängt ja schon gut an! Eben der Krach beim Einpacken und jetzt hier!"
Er verließ unter unverständlichem Gemurmel die Einfahrt.
Ich dachte das Gleiche: `Das fängt ja schon gut an! Die Neue wohnt noch gar nicht hier und schon gibt es nächtliche Störungen und andauernd Kontakte mit Menschen, denen wir bisher aus dem Weg gegangen sind.´
Zwei Tage später informierte ich die neue Mitbewohnerin, als sie mit ihrer Freundin den Umzug plante, über Erwin´s nächtlichen Besuch. Sie schien erschrocken und fragte irritiert, was er denn hier gesucht habe?
„Scheinbar wollte er sich ausweinen und schauen, ob es bei uns etwas zu trinken gibt. Mit Männern wie Erwin werden sie ganz sicher keinen guten Neubeginn haben, Frau Peters," sagte ich. „Ganz bestimmt nicht," gab sie mir Recht und fügte hinzu: „Aber arbeiten kann er! Er muss nur erst eine Entziehungskur machen."
Ihre Stimme klang weich.
Sie bejahte meine Frage, ob sie ihn in der besagten Nacht rausgeworfen habe und räumte ein, dass er bereits mehrfach Randale und nächtliche Ruhestörungen in ihrer vorherigen Wohnung verursacht habe. Zweifel beschlichen mich wegen ihrer anfänglichen

Beteuerung, sie sei eine ruhige Mieterin, wir könnten gern ihren Vermieter fragen.
Hätte ich das nur getan, schoss es mir durch den Kopf. Gern hätte ich bei Nachbarn Auskünfte über Frau Peters eingeholt, verbot mir mein von Anfang an vorhandenes Misstrauen, redete mir ein, dass jemand, der einen derart offenherzigen Vorschlag unterbreitet, kaum etwas zu verbergen haben würde. Inzwischen bezweifel ich, dass uns jemand zu diesem Zeitpunkt die Wahrheit über das Zusammenleben mit Britta Peters gesagt hätte.
Die erfuhr ich, als sie kurze Zeit bei uns wohnte. An dem Tag, als ich dem Anwalt die Unterlagen für die fristlose Kündigung brachte, fuhr ich auch zur ehemaligen Wohnung der Peters.
Die Haustür wurde mir von einer Frau geöffnet, die gerade aus dem Keller kam. Meine Frage nach Britta Peters löste hellwaches Lauern aus. Sie fixierte mein Gesicht, als sie erwiderte: „Aus welchem Grund erkundigen sie sich nach ihr?" „Wir wohnen jetzt mit ihr zusammen!" „Sie Arme!" Die ehemalige Nachbarin bat mich in ihre Wohnung. Wir tranken Kaffee und rauchten, während sie über die dreimonatige Mietzeit von Frau Peters in diesem Hause berichtete.

Als erstes zeigte sie mir Ohrenstöpsel und Beruhigungstabletten, die sie während dieser Zeit brauchte. „Um sechs Uhr morgens konnte man zur Ruhe kommen, dann ging die schlafen und stellte die Musik aus. Zuvor dröhnten die Bässe durch das ganze Haus! Ich arbeite im Akkord bei," nun folgte der Name eben jener Fabrik, bei der sich Frau Peters angeblich beworben hatte. „Können sie sich vorstellen, was Akkordarbeit bedeutet? Ich war kaum noch leistungsfähig. Die Kolleginnen haben mich verschiedentlich gefragt: `Wie siehst du denn aus? Was ist los mit dir? Hast du Sorgen, bist du krank?´ Mein Mann muss früh um vier Uhr aufstehen, weil er auswärts arbeitet. Ich weiß gar nicht, wie er die Zeit durchstanden hat mit dem wenigen Schlaf. Eine Familie mit einem zweijährigen Kind wohnt genau über der ehemaligen Wohnung der Peters. Das Kind ist laufend aus dem Schlaf geschreckt. Die Polizei wurde oft gerufen - von allen Hausbewohnern. Manche Nacht mehrfach!
Einmal hat sie eine Verwarnung bezahlen müssen. Da hat sie die Polizeibeamten fast rausgeschmissen. Jetzt wäre es aber an der Zeit, schnell ihre Wohnung zu verlassen - zak-zak! hat sie gesagt. Bei einem weiteren Einsatz drohte die Polizei, die Musikanlage mitzunehmen, wenn nicht unverzüglich Ruhe

einträte. Dann dreht sie die Lautstärke kurzzeitig leise, um anschließend den Musikterror zu verstärken.
Die Polizei ist schon gar nicht mehr gekommen. Wir haben uns wiederholt an unseren Vermieter gewandt. Der hat sie angerufen, aber geändert hat sich nichts. Wir konnten es nicht glauben, als am ersten August ein Leihwagen vor der Tür stand und sie auszog. - Nein, eine Räumungsklage ist nicht erfolgt, sie ging ganz freiwillig. Es hieß, sie habe eine billigere Wohnung bekommen. - Wechselnde Männerbesuche, mehrere in einer Nacht haben wir nicht beobachtet.
Unsere Wohnzimmerfenster liegen hinten heraus und wenn man Fernsehen schaut, bekommt man nichts mit. Nur, wenn die woanders geschellt haben. Das ist allerdings öfter vorgekommen. Einmal bei uns um zwei Uhr! Mein Mann schaute zum Flurfenster. Der Besucher schrie: `Mach die Tür auf, oder ich trete die ein!´ Aber mein Mann ist fast zwei Meter groß und kräftig! Er rief nach unten: `Warte mal, bis ich mir den Jogginganzug angezogen habe, dann kriegst du was auf die Fresse!´ Da ist der andere abgehauen.
Manchmal ist ihr Mann gekommen. - Ja, wie sieht der aus? Er ist klein und schmächtig. Wenn sie den nicht rein ließ, bettelte er:`Britta,

Britta, mach doch bitte, bitte auf.' Einmal hat er vor der Haustür übernachtet.

Gleich, nachdem sie hier einzog - wir haben ihr noch die letzten Sachen transportiert, sie hat ja kein Auto - zu dem Zeitpunkt hatte sie noch den Georg Schwarzer. Den hat sie rausgeschmissen wegen dem Rudi Neumann und den hat sie rausgeschmissen wegen dem mit dem Gipsarm. - Nein, gekündigt hat sie nicht, hat einfach den Schlüssel in den Postkasten geworfen. In der Wohnung hat sie versucht, die Duschabtrennung auszubauen, aber sonst hielten sich Beschädigungen und Verunreinigungen in Grenzen. Wir sind alle froh, dass der Spuk vorüber ist. Anfangs haben wir uns noch mit ihr zusammengesetzt. Mir hat sie erzählt, sie wäre Raumpflegerin, aber die ist viel zu faul zum Arbeiten. Sie tun mir leid als Vermieterin. - Nein, vor Gericht möchte ich lieber nicht darüber reden. Ich weiß, was der Georg Schwarzer schon alles für krumme Dinger gedreht hat und auch der Rudi Neumann. Und dann kam auch ihre Freundin Uta immer häufiger. Dann ging es besonders laut zu! So jemand muss allein in einem abseits gelegenen Haus wohnen! Die macht andere krank!"

Nach diesem Gespräch war unser einziger Trost, dass sie auch bei uns nur drei Monate

wohnen bleiben möge. Dies war die einzige Hoffnung in all den Schrecken.
Wir beschlossen, die Bedingungen zu verändern, um einen Auszug zu beschleunigen.
Zu erkennen, dass unsere Anschrift in ganz kurzer Zeit zu einer Anlaufstelle von Männern mit krimineller Vergangenheit und Gegenwart geworden war, versetzte mich in Angst. Ich fühlte mich hintergangen und gedemütigt von jemandem, dem ich dieses Treiben, entgegen meiner spontanen Bedenken, durch meine Gutmütigkeit ermöglicht hatte. Ich fühlte mich beschmutzt von den Blicken geiler Freier, wenn ich das Haus verließ.
Sobald die Gardinen angebracht waren, gab es keinen Zweifel mehr, um welche Tätigkeit es sich bei den vermeintlichen Putzstellen handelte.
Weitgehend wurden die Dienstleistungen in den Abendstunden erbracht. Männer huschten zur Tür, oft waren sie angetrunken und zu zweit. Alles spielte sich zunächst verhältnismäßig leise ab. Terror durch laute Musik gab es erst später.
In der Nacht, als sie zum ersten Mal mit Freundin Uta und einem dicken, alten, in Jogginganzug gekleideten Mann und einem blondhaarigen Brillenträger mittleren Alters nach Hause kam, während zwei weitere

Männer auf der gegenüberliegenden Straßenseite warteten, ab und zu leise an die Tür klopften und von dem Jogginganzugträger weggeschickt wurden, weiterhin warteten und hörten, wie ich die Jalousie im Zimmer über unserer gemeinsamen Einfahrt hochzog, in dieser Nacht traute ich mich noch nicht zu fotografieren. Ich fürchtete Übergriffe.
Später hatten wir eine Überwachungskamera, die das Treiben vor unserer Tür festhielt.
Die unter einem Balkon auf der gegenüberliegenden Straßenseite Wartenden, die zuvor wiederholt an die Tür der Peters klopften, beobachteten das dunkle Fenster in der ersten Etage, versuchten zu ergründen, ob sie in jener Nacht noch zum Zuge kommen würden.
Mit einer Taschenlampe blinkten sie einem vorbeifahrenden Auto. Das hielt an. Der Größere von beiden sprach mit den Fahrzeuginsassen. Das Auto fuhr weiter.
Kurze Zeit später gingen die Wartenden, nachdem einer, wie mir später von einer Nachbarin überbracht wurde, gesagt habe, er habe keinen Bock mehr. Kurz vor vier Uhr morgens verließen Freundin Uta, ihr Schäferhund und die beiden Männer die Wohnung. In der Tür beantwortete Frau Peters eine Frage des jüngeren Brillenträgers mit den Worten: „Da mach dir mal keine Sorgen."

War das die Antwort auf die Frage nach Aids?
Mein Kopf war leer.
Übernächtigt und überreizt fiel mir als einzige Möglichkeit ein, die Polizei einzuschalten. Meine journalistische Tätigkeit brachte manche Verbindung mit sich, die ich jetzt zu nutzen versuchen konnte.
Ich führte ein längeres Telefonat, in dem ich wiederholt um mehr Polizeipräsenz in unserer Straße bat. Mein Ansinnen wurde freundlich aber bestimmt abgelehnt. Mein Gesprächsteilnehmer gab wiederholt den Hinweis, einen Anwalt aufzusuchen. Dies sei eine privatrechtliche Angelegenheit, man könne nur zu einer gerichtlichen Auseinandersetzung raten.
Trotz der offiziellen Ablehnung meines Ersuchens fuhren in der Folgezeit vermehrt Streifenwagen vorbei.
Mein Wunsch war keinesfalls überzogen, weil ganz in unserer Nähe eine Polizeistation liegt und es nur eine Frage der Einsatzleitung war, nicht brandeilige Fahrten über unsere Straße zu führen.
Ich schilderte mein Erschrecken, als sich abzeichnete, in welches Milieu wir geraten waren. Dem könne nur mit geeigneten Mitteln entgegengewirkt werden. In dem Telefonat zeigte ich auf, wo die Kontakte geknüpft

werden. Die Information geschieht per Telefon oder Handy.

Uta mit Schäferhund und einer weiteren Frau, die Britta Peters sehr ähnelt, jedoch besser aussieht und nicht ganz so korpulent ist, sitzen auf einer Parkbank neben der Trinkhalle am Marktplatz. Dort werden Angebot und Nachfrage geregelt und der Weg in die Wohnung unserer neuen Mitbewohnerin gewiesen. Am Markt entlang, vorbei am Sozialamt, über den Parkplatz eines Lebensmittelgeschäftes an der efeuberankten Pergola in die Einfahrt!

Wenige Minuten Fußweg! Danach erwartet die Interessierten ein vermutlich günstiges und vielleicht gutes Erlebnis. Ganz besonders scheint sie Arbeitern einer international besetzten Großbaustelle in der Nähe über den Trennungsschmerz von Familie und Heimat hinweg geholfen zu haben. Sie waren anfänglich stete Besucher bei Britta Peters. Später baute sie die internationalen Kontakte mit einem in der Nähe gelegenen Kulturverein aus.

An dem Tag, an dem ich die Kündigungsunterlagen zum Anwalt brachte und mit der ehemaligen Nachbarin sprach, fuhr ich auf dem Rückweg an der Kontaktstelle am Markt entlang. Ich entdeckte Uta mit Hund und, so glaubte ich, Frau Peters! Als ich nur Minuten später in unserer Einfahrt hielt, wollte ich mich mit einem Blick durch die Glastür vergewissern, ob unsere Mieterin fort war, jedoch saß sie auf dem Sofa und öffnete mir freundlich die Tür.

Verblüfft entschuldigte ich mich wegen meines dreisten Blicks in ihre Wohnung und sagte, dass ich überzeugt gewesen sei, sie soeben auf der Bank beim Kiosk gesehen zu haben. Sie erschrak offensichtlich und erwiderte: „Nein, da sitze ich nicht."

„Frau Peters, wenn sie glauben sollten, ihr Lebensstil sei unbeobachtet geblieben, dann irren sie sich. Die ganze Straße hat in den wenigen Tagen schon mitgekriegt, was hier geschieht. Sie glauben wohl, weil alles leise abläuft, fällt es nicht auf. Unter dem Balkon warten die Männer, bis sie eingelassen werden," sagte ich ohne jegliche Schärfe, eher mit einer gewissen Mutlosigkeit und fügte hinzu: „Morgen bekommen sie eine schriftliche Abmahnung, die ich ihnen mit Zeugen überreichen werde. Morgen werden auch Strahler in der Einfahrt angebracht. Hier kommt kein Freier mehr auf den Hof!"

Da war es heraus!

Während des gesamten Gesprächs stand sie traurig erschrocken vor mir, schien Besorgnis zu haben, dass das gutgehende Unternehmen Einbußen erleiden könnte.

Sie hörte mir widerspruchslos zu, sagte nur, sie habe gedacht, hier sei es besser als zuvor. Irgendwie fühlte ich mich, als täte ich ihr Unrecht.

Im Augenblick der Aussprache war ich völlig ruhig. Mein Herz raste erst, als ich einer Nachbarin davon berichtete, die mich während meiner Abwesenheit im Haus vertrat.

Seit nunmehr sechs Wochen ließ ich unsere Wohnung nicht mehr unbeaufsichtigt.

Alles war eine Frage der Organisation und Terminabsprache! Ich verzichtete auf meinen regelmäßigen Sport und den Chor, um unserer Mieterin, die jede unserer Gewohnheiten herausfinden konnte und ihrem gesamten Umfeld keine Gelegenheit zu bieten, bei uns einbrechen zu können. Sie musste Gewissheit erlangen, dass bei uns stets jemand anwesend ist, war meine Strategie.

Nach der mündlichen Abmahnung verließ Frau Peters sofort die Wohnung, vermutlich um ihrer Freundin und wohl ihrer Zwillingsschwester von meinen Vorwürfen zu berichten.

Am Abend dieses Tages verwies ich den ersten ihrer Besucher vom Grundstück!

Er war kleinwüchsig mit slawischem Aussehen und verdutzt über den Rauswurf. Nach einigem Zögern ging er und soll gesagt haben: „Na, dann eben nicht," wurde gehört.

Am nächsten Tag überreichten wir Frau Peters die schriftliche Abmahnung. Ihr Vater und eine schwarzhaarige, elegante Frau saßen auf dem Sofa. Als wir schellten, öffnete Britta Peters behende die Haustür und sagte rasch: „Mein Vater ist gerade aus dem Krankenhaus gekommen. Er darf keine Aufregung haben."

Aufregen wollten wir den hageren Mann nicht, lediglich seiner Tochter die schriftliche Abmahnung überreichen.

„Bitte schön, das Schreiben! Mein Mann ist Zeuge." Als dieser noch die Räumung der kurzfristig kostenlos überlassenen Garage ansprechen wollte, in der die übrigen Küchenmöbel lagerten, wurde die Tür vor unserer Nase zugemacht.

Kurze Zeit später schellten Frau Peters und Freundin Uta bei uns. Sie wollten mit mir über die Abmahnung sprechen.

Eine Unterredung lehnte ich ab.

Lügen der beiden Frauen waren mir nach meinem Empfinden genügend aufgetischt worden.

„Sie wussten beide, was sie hier vorhatten. Ich lasse es nicht zu, dass sie unsere Anschrift weiterhin beschmutzen. Sie sind beide vom Sozialamt abhängig. Denken sie mal über diesen Punkt nach! Das Nächste ist eine Meldung ans Gesundheitsamt." Frau Peters erwiderte, nur sie sei Sozialhilfeempfängerin. „Sie nicht," sagte sie und wies mit dem Finger auf ihre Freundin.

Beide geben immer nur das zu, was sowieso schon bekannt ist. Ich zitterte am ganzen Körper, als ich die Tür verschloss.

Am Nachmittag kamen alte Freunde von uns, die die Scheinwerferanlage installieren würden. Der Lieferwagen ihrer Firma stand lange in der Einfahrt. „Beleuchtungs- und Sicherheitsanlagen" stand auf den Türen des rotbraunen Mercedes-Transporters.

Die beiden Damen verließen kurz nach Eintreffen unserer Freunde die Wohnung.

Vermutlich verlegten sie ihr Betätigungsfeld in Utas Wohnung. Sie wohnt nur wenige Minuten entfernt am Markt in Sichtweite der Parkbank am Kiosk.

Der Abend mit unseren Freunden wurde lang. Wir besprachen, an welchen Stellen die Scheinwerfer und Bewegungsmelder installiert werden sollten, redeten über die unerträgliche Situation und konnten im Verlaufe des Abends dennoch herzhaft über neuere und alte Begebenheiten lachen.

Die Unterstützung vieler Freunde und unserer Geschwister war das einzig Positive in dieser

Zeit. Das Erleben, nicht allein gelassen zu werden, registrierten wir dankbar. Unsere Besucher verschafften uns Ablenkung von Kummer. In unserer neuen Welt von Prostitution und Verbrechen waren das Lichtblicke.

Unsere Freunde fuhren den Lieferwagen gegen Mitternacht aus der Einfahrt. Wir winkten zum Abschied, waren entspannt und hofften, eine ruhige Nacht vor uns zu haben, als es Minuten später bei uns schellte. Vor der Tür stand ein hagerer, älterer Mann, der nach Britta fragte. Wir verwiesen ihn vom Grundstück!

Er weigerte sich. Als ich ihm sagte: „Das ist ein Privatgrundstück. Verlassen sie sofort die Einfahrt," schaute mich der angetrunkene Freier fassungslos an und erwiderte erstaunt: „Was ist denn mit dir los?" Ich drohte mit der Polizei und holte den Fotoapparat. Er hatte nichts dagegen einzuwenden, dass er fotografiert wurde, ging danach aber doch zögerlich auf die Straße. Vor dem Haus wartete er. Ich schickte ihn auch vom Bürgersteig fort. Er machte einen tapsigen Schritt auf mich zu. Trotz seiner Trunkenheit würde ich bei Handgreiflichkeiten den Kürzeren ziehen. So lief ich ins Haus und verständigte die Polizei.

Sie kam nicht.

Der Freier ließ sich unterdessen nicht wieder sehen.

Während ich im Wohnzimmer über der Einfahrt auf die Polizei wartete - Klaus versuchte inzwischen einzuschlafen, weil er zeitig zur Arbeit musste, hörte ich den Motor eines Kraftwagens, war erleichtert, dass der Streifenwagen eingetroffen war, lief die Treppe hinab, um den Polizeibeamten mitzuteilen, dass der Freier längst fort war. Ich war erstaunt, als ich sah, dass nicht die Ordnungshüter sondern ein Taxi angehalten hatte. Ihm entstieg ein Pärchen, das zu Frau Peters wollte.

Die Frau war klein und zierlich. Sie hatte dunkelblonde, gewellte, lange Haare. Ihr Begleiter schien jünger als sie zu sein.

Blond, gutaussehend, forsch. Als beide die Einfahrt betraten, schrien Klaus und ich gleichzeitig los: „Runter hier! Dies ist Privatgelände! Hier ist kein gewerbliches Grundstück! Verlassen sie es sofort."

Die beiden Besucher dachten nicht daran!

Er sei der Bruder von Frau Peters - zwei kannte ich bereits, die ihm in keiner Weise ähnelten - und er möchte seine Schwester besuchen.

„Hier kommt keiner rein! Verlassen sie unverzüglich unser Grundstück! Die Polizei müsste jeden Moment eintreffen. Sie ist bereits vor geraumer Zeit von uns verständigt worden!" „Ja, hoffentlich kommt die Polizei bald! Das ist ja nicht zu glauben, was sie sich einbilden!" sagte er. Ich verständigte die Polizei ein zweites Mal. Diesmal betätigte ich den Notruf. Der Beamte am anderen Ende sagte, er sei überhaupt nicht informiert worden und fragte, warum ich ihn eigentlich ausschimpfen würde. „Ich schimpfe sie nicht aus, ich bin nur sehr erregt," erwiderte ich.

Er versprach, mit den Kollegen der Polizeiwache hier um die Ecke Kontakt aufzunehmen.

Ich zückte an diesem Abend zum zweiten Mal den Fotoapparat. Der gutaussehende Blonde hatte ebenfalls nichts gegen ein Foto, wendete sich jedoch im Augenblick des Fotografierens zur Seite. Die kleine Frau vermied es, auf das Bild zu kommen.

Die Taxifahrerin wartete während der gesamten Zeit. Die beiden Besucher gingen zum Taxi, sprachen kurz mit ihr, kehrten auf die Einfahrt zurück und behaupteten, jemanden aus der Wohnung abholen zu wollen. „Abholen können sie hier jeden, nur sie kommen nicht rein. Schellen sie doch an, wenn sie jemanden rausholen wollen."„Das haben wir getan. Es macht keiner auf!" „Dann sehen sie ja, dass keiner da ist. Also weg hier!" Die Frau habe bei der Trinkhalle am Markt das Taxi verlassen. Der Mann sei zu Fuß von uns gegangen. An der Telefonzelle in der Ludwigstraße seien sie zugestiegen.

Dort scheint eine dritte Wohnung der inzwischen vier Damen zu liegen.

Nach dieser Nacht veränderte sich das Treiben vor unserer Tür. Es schien wichtig gewesen zu sein, das Pärchen aus dem Taxi vertrieben zu haben. Wir gelangten zu der festen Überzeugung, damit eine wichtige Schlacht gewonnen zu haben.

Natürlich war Frau Peters in ihrer Wohnung und hatte gehört und beobachtet, wie wir zum zweiten Mal jemanden vergrault hatten. Vermutlich hatte sie den Hageren telefonisch herbestellt, nachdem der Lieferwagen unserer Freunde die Einfahrt verlassen hatte.

Es muss schon schmerzhaft sein, hinter der Tür zu stehen und mit anschauen zu müssen, wie einem das Geschäft verdorben wird! So hatte sie das Pärchen verständigt, um dieses geschäftsschädigende Verhalten zu unterbinden. `Das wollen wir doch mal sehen, ob ich nicht zu jeder Tages- und Nachtzeit Besucher empfangen kann. Die können mir nichts beweisen! Ein Pärchen ist doch wohl unauf-

fällig genug!´ mögen die Überlegungen der anderen Seite gewesen sein.
An Schlafen war nach der Szene vorerst nicht zu denken. So wartete ich am Ausguck, ob und wann die Polizei vorbeifahren würde. Nichts passierte.
Die Straße war still.
Die Polizei kam nicht.
Ich wurde ruhiger. Inzwischen beschäftigte mich die Frage, wann man Hilfe von Ordnungshütern erwarten kann. Diese Frage formulierte ich eher traurig als nervös bei meinem dritten Anruf in dieser Nacht. Inzwischen war es fast halb zwei. Der Einsatzleiter der Polizeiwache beschwichtigte mich, riet ins Bett zu gehen, erklärte seine Lage, mit zwei Streifenwagen einen so großen Bezirk abdecken zu müssen. Beide Wagen seien in einem anderen Stadtteil im Einsatz, sagte er. Es gelte auch, die ausländischen Mitbürger zu schützen, es sei ja gerade eine krisenhafte Zeit. Man sei gestern Abend vermehrt durch unsere Straße gefahren, besonders mit privaten Pkw. Es sei nichts Auffälliges zu beobachten gewesen. Natürlich kam auch hier wieder der Hinweis, dass dies eine privatrechtliche Angelegenheit sei. „Die wissen doch alle, dass die Polizei überhaupt nicht einschreiten kann und wir werden noch verlacht."

Seine Aufgabe sei es, die Dringlichkeit von Einsätzen zu beurteilen und abzuwägen. Er sagte zu, wenn es sich machen ließe, vermehrt hier Streife zu fahren. Möglicherweise seien einige männliche Besucher unserer Mieterin auch für die Polizei von Interesse. „Oh ja, mit Sicherheit, bei diesem Umfeld!"
Das Telefonat war lang.
Ich hatte Bedenken, dass wir die Leitung blockieren würden und andere Hilfesuchende nicht durchkommen könnten. Jedoch beschwichtigte mich mein Gesprächspartner. Im Augenblick sei alles ruhig und die Zweitleitung frei.
Klaus schlief schon. Ich war zu aufgewühlt.
Der nächste Tag war fürchterlich. Ich konnte kaum noch denken. Die vielen Nächte mit nur einigen Stunden Schlaf! Tagsüber liefen meine Aufgaben weiter.
Die Hoffnung, dass das Gespräch mit Frau Peters und die schriftliche Abmahnung eine Beruhigung des Treibens vor unserem Schlafzimmerfenster bewirken würden, konnte wegen der unvermindert anhaltenden Aktivitäten der beiden Freundinnen begraben werden. Als ich am frühen Nachmittag die Fensterbänke freiräumte, um unserem Freund die Montage des ersten Scheinwerfers und Bewegungsmelders zu erleichtern, beobachtete

ich, dass sich zwei Südländer unauffällig, wie sie meinten, für die Haustür unserer Mieterin interessierten.
Sie schlenderten auf dem Gehweg auf und ab, unterhielten sich, hatten den gewissen Glanz in ihren Augen.
Kurz bevor der Lieferwagen unserer Freunde in unsere Zuwegung fuhr, verließen die beiden grauhaarigen Männer unsere Einfahrt. Als ich unserem Freund die Tür öffnete, fragte ich ihn, ob er die Beiden mit den grauen Anzügen gesehen habe, die hier gerade hinausgegangen waren?" „Nein, wo?" Wir liefen die wenigen Schritte bis zur Straße.
Die beiden untersetzten Anzugträger waren weg.
Wir hatten das Haus noch nicht betreten, als Britta Peters mit einem blonden, jungen Mann, ihrer Freundin Uta und deren jetzigen Freund, von dem sie mir erzählt hatte, sich von ihm trennen zu wollen, weil er soviel trinke und so eifersüchtig sei, die Wohnung verließen.
Im Vorbeigehen fragte Britta Peters: „Wie machen wir das Montag mit der Gewerbeanmeldung?" Die Frage war ironisch gemeint, sollte kränken. Natürlich würden sie sich keinesfalls registrieren lassen und ihre sicheren staatlichen Einkünfte aufs Spiel setzen. Die beiden Frauen und der blonde Begleiter

gingen in Richtung des Marktes oder Utas Wohnung. Deren Freund blieb in Sichtweite. Während er sich wiederholt mit Bier eindeckte, lungerte er herum, beobachtete den Fortgang der Elektroinstallation, registrierte, zu welchen Fenstern des Hauses wir Zugang haben, trieb Studien. Eine Gruppe jüngerer Männer hatte sich zu ihm gesellt.
Gestikulierend erzählte er ihnen etwas. Wir wurden von allen fixiert. Auch unser Freund empfand die Situation ungewöhnlich, konnte ihr jedoch eine gewisse Komik abgewinnen. Ich nicht!
Die Stunden der Beobachtung durch die Gruppe zermürbten mich. Angst vertiefte sich, dass man uns nachts Schaden zufügen, Beschädigungen am Haus verursachen könnte.
Als Klaus von der Arbeit kam und er die Handreichungen für die Installation übernehmen konnte, ging ich zur Polizeistation. Ich war abgeschlagen und fühlte mich gerädert. Langsam, fast schleppend fragte ich den Beamten, ob wir heute Nacht telefoniert hätten. „Nein." „Sind sie der Einsatzleiter?" „Ja." „Ist das noch nicht der Nachtdienst?" „Der beginnt erst um halb zehn."
Ich merkte, wie er überlegte: `Was ist mit der los? Steht die unter Stoff?´ Ich schilderte meine Situation. Zeigte noch einmal auf, wo

die Kontakte geknüpft werden. Welch krimineller Gefahrenpunkt dort ist, brauchte ich nicht besonders zu betonen. Das weiß man seitens der Polizei besser. Ich berichtete von der Belagerung und den Beobachtungen der letzten Stunden. „Hier braut sich etwas zusammen, die Verbindungen sind weit verzweigt. Wenn die Männer des Kulturclubs noch alle bei uns ein- und ausgehen, na, dann danke. Ich habe selbst die jetzt vermieten Räume mehrere Jahre hindurch als Galerie genutzt. Da kamen während eines Monats nicht so viele Kunden rein, wie jetzt in wenigen Tagen. Man muss nur das Richtige anbieten! Innerhalb kürzester Zeit sind wir in gewissen Kreisen eine äußerst bekannte Anschrift geworden. Über sechzig Jahre hindurch hat die Familie meines Mannes in diesem Hause redlich und anständig gelebt. Und nun das! Sie können sich überhaupt nicht vorstellen, wie viele Männer jeglicher Couleur inzwischen auf diese Tür starren!"

Ich bat auch diesen Beamten, nach Möglichkeit Einsätze über unsere Straße zu fahren. Auch er verwies darauf, dass dies eine privatrechtliche Angelegenheit sei.

„Können sie sich vorstellen, wie oft mir das schon gesagt wurde? Können sie sich vielleicht auch vorstellen, wie man sich als Bürger vorkommt, der aus Gutmütigkeit oder auch Dummheit in solch eine Situation gerät? Alle Bewohnerinnen und auch die Besucherinnen unseres Hauses werden zumindest von vielen Männern ebenfalls als Nutten angesehen." Er fragte: „Was tun sie, beziehungsweise ihr Mann gegen die Situation?" „Wir haben heute gerade einen Scheinwerfer installieren lassen, um die Bedingungen zu erschweren. Ein Gewerbe, das von der Verschwiegenheit lebt, vom Unerkanntbleiben, verträgt nicht gut plötzliche Tageshelle von 500 Watt Lampen. Wir haben einen Anwalt mit einer fristlosen Kündigung beauftragt wegen anderweitiger Nutzung der Wohnung. Wir vertreiben seit vorgestern die Freier vom Hof, was nicht ganz ungefährlich ist. Ich mache Fotos von ihnen, was auch nicht ganz ungefährlich ist. Es ist immer jemand zu Hause. Wir halten uns so viel, wie nie zuvor im oberen Wohnzimmer auf. Wir spielen am Fenster Karten. Ich lese, schreibe und verrichte weitere Tätigkeiten am Fenster, immer mit einem Blick auf die Straße. Wir haben viel Besuch, um hier Anwesenheit und eine ganz andere Art Leben zu demonstrieren. Morgen bekommen wir einen zweiten Scheinwerfer, nächste Woche wird ein Tor vor der Einfahrt angebracht. Soweit die Vorkeh-

rungen von unserer Seite." Zu Hause überkam mich wiederum die Angst vor der Nacht.
Wir überlegten, wen wir ganz kurzfristig bitten könnten, uns zu besuchen. Mein Bruder und meine Schwägerin waren sofort bereit. Wir spielten Karten und lachten viel an diesem langen Abend. Sie brachten eine Gaspistole und Abwehrspray mit, das in Türnähe platziert wurde.
Der Scheinwerfer funktionierte.
Die Nacht war ruhig. Wir konnten schlafen.
Am nächsten Tag, für den die Zustellung der fristlosen Kündigung von unserem Anwalt zugesichert worden war, erhielten wir von ihm den Brief, in dem er uns mitteilte, dass er anhand der Auflistung der Besuchertermine ersehen könne, dass es ja wohl lebhaft bei uns rund gehe. Er riet jedoch, noch weiter zu beobachten und zu notieren, Daten, Autonummern, möglichst mit Zeugen.
Unsere andere Mieterin, die viel sieht, schon wegen der günstigen Lage ihrer Wohnung, und die auch etliches mitbekommen hat, möchte wegen ihres Alters nicht in diese Angelegenheit hineingezogen werden. Im Grunde genommen können wir das verstehen, jedoch fehlt uns so für vieles von ihr Beobachtetes eine Aussage.

Als ein mit uns befreundeter Handwerker und ich am Montag der nächsten Woche mit dem Torbau an der Einfahrt begannen, registrierten wir mehrere Polizeifahrzeuge, die meist langsam unsere Straße befuhren. Ebenso bemerkten wir viele Streifenwagenfahrten am Sonnabend zuvor beim Installieren des Scheinwerfers an der anderen Seite des Hauses.

Die Zaunbaumaßnahme dauerte fast ein und einen halben Tag. Die Betonwürfel für die Pfosten brauchten Zeit zum Abbinden, das Tor musste verändert, Scharniere und Winkel angebracht werden.

Während dieser eineinhalb Tage waren unsere Damen kaum zu sehen.

Das Wetter war heiß. Sie saßen vermutlich auf der Bank am Kiosk und arbeiteten in Utas Wohnung.

Zwischendurch schickten sie Jugendliche mit dem Fahrrad, Utas schmächtigen Freund, einmal eine alternde Frau, die oft am Kiosk anzutreffen war, um sich über den Stand des Torbaus berichten zu lassen. Die Frau grüßte flüchtig verlegen, als sie mich sah. Das Verhalten aller war gleich. Sie kamen vom Markt, guckten flüchtig in die Einfahrt, drehten unauffällig um und verschwanden in der Richtung, aus der sie gekommen waren.

Wenn wir Besuch haben oder Handwerker da

sind, verhalten sich unsere Damen immer nach dem gleichen Schema, verlassen die Wohnung und verlegen ihr Betätigungsfeld an eine andere Stelle. So ist es für uns schwer, Zeugen zu bekommen.

Klar ist auch, dass wir durch die Strategie der Abschreckung die Möglichkeiten der Beweisführung schmälern, aber sie hat schon erste Früchte getragen. Seit dem Freitagabend, seit dem das Licht im Eingangsbereich funktioniert, habe ich keine deutschen Besucher mehr beobachtet.

Nach dem Zaunbau veränderte sich die Situation zusätzlich. Natürlich wurde ein Schild angebracht mit der Aufschrift: Privat! Grundstück betreten verboten!

Eigentlich waren wir überrascht, dass das Schild unbeschädigt blieb, der Zaun und das Tor auch.

Eine Situation beim Zaunbau zeigte mir, wie schnell sich die Anschrift unserer neuen Mieterin und ihr Gewerbe herumgesprochen haben musste. Ich hielt in geduckter Stellung ein Zaunteil an, als ein Bekannter von uns, Pensionär und lange, wie man glauben mag, glücklich verheiratet, unmittelbar an mir vorbeiging. Er bemerkte mich nicht, sah nur auf die weiße Sprossentür mit dem lila Vorhang.

Als er kurze Zeit später zurückkam, der gleiche entspannte Gesichtsausdruck, leuchtende Augen, erwartungsvoll interessierte Blicke auf die Tür. Als er mich wahrnahm, grüßte er verlegen und erschrocken zugleich.
Das gleiche Strahlen in den Augen bemerkte ich noch bei weiteren Männern, wenn ich ihnen erzählte, welches Pech wir bei der Auswahl unserer Mieterin hatten, die sich als Prostituierte der untersten Sorte herausgestellt habe. Schon allein das Wort Prostituierte ließ ihre Gesichtszüge weicher werden, die Augen funkeln.
Frauen reagierten erschrocken, mitfühlend, abgestoßen. Die unterschiedlichen Beurteilungen bei Männern und Frauen ein und derselben Situation ließ mich nachdenklich werden.
Prostitution lebt von der Ehrenhaftigkeit der meisten Frauen. Prostituierte können nur deshalb erfolgreich sein, weil die Mehrheit der Frauen sich für Sex nicht bezahlen lässt. Sie wollen Liebe, Zärtlichkeit, zumindest Sympathie für den Partner empfinden, wie schnell sich diese Gefühle auch abnutzen mögen.
Männer bezahlen für eine Dienstleistung. Sollen außergewöhnliche Sexualpraktiken angewandt werden, regelt sich die Leistung über den Preis. Kaufen und für einen kurzen Zeitraum besitzen wollen, die Phantasien des

Augenblicks verwirklichen, den Preis dafür aushandeln. Beim Verlassen auf korrekte Kleidung achten, die ängstliche Frage an der Tür: „Du hast doch wohl kein Aids?" Die beschwichtigende Antwort hören wollen: „Da mach dir mal keine Sorgen!" Möglichst ungesehen das Haus verlassen, in der nächsten Kneipe etwas trinken, oder gleich nach Hause fahren.

Dort über kaum zu bewältigende Überbelastungen und Überstunden im Beruf klagend, aber an diesen Abenden geduldiger wirkend als sonst.

Gegenüber Freunden von Mädchen wie Britta, Uta, Nicci oder Kim, neu aus sonstwo eingetroffen, schwärmen: „Bei ihr bin ich immer gekommen und sie auch."

Bei zufälligen Begegnungen Britta, Uta, Nicci oder Kim auf keinen Fall grüßen, nicht einmal hinüberschauen, besonders, wenn die eigene Frau dabei ist.

Ob die vielen Männer, die Brittas Tür mit leuchtenden Augen und offensichtlichem Interesse betrachteten, auch wirklich deren Dienstleistungen in Anspruch nehmen würden, ist zwar nicht mit letzter Sicherheit zu sagen, zumindest jedoch bei etlichen auszuschließen. Aber zu wissen, da wohnt eine Hure, veranlasst sie zu Umwegen oder Einkäufen in unserer Straße.

Allmählich konnte ich ein Abnehmen des Interesses beobachten. Sooft wie möglich saß ich im oberen Wohnzimmer am Fenster zur gemeinsamen Einfahrt, schaute dreist die interessierten Männer an. Inzwischen habe ich ein Gespür dafür, wer als Freier in Betracht kommt. Langsames Auf- und Abflanieren zu zweit oder zu dritt, in letzter Zeit nur ein Blick aus den Augenwinkeln auf den lila Vorhang. Wenn der geöffnet ist, besteht die Möglichkeit eines Besuchs, falls ich nicht störend eingreife. Bei geschlossenen Gardinen hat es ein anderer geschafft, ungestört in Brittas Wohnung zu gelangen. Öfter als sonst reinigte ich die Eingangtür, fegte die Einfahrt, zupfte Unkraut oder beschneide das üppige Efeu an der Hauswand und der Pergola. Dabei schaute ich geilen Gaffern und möglichen Freiern ins Gesicht. Verärgert waren die beiden Huren über den Fotoapparat, der seit sechs Wochen am oberen Wohnzimmerfenster platziert ist und auch über mein tägliches, stundenlanges Lesen und Schreiben beim Fenster. An dem

Donnerstag, als sie von ihrem Anwalt kamen, der ihnen zusagte, mir einheizen zu wollen, machten sie laute Bemerkungen über den Fotoapparat und meine Anwesenheit: „Guck mal da, hinter der Blume!" Ihr Anwalt widersprach energisch der ihr überreichten Abmahnung. Dafür bestünde keine Veranlassung, schrieb er. Zu den Männerbesuchen führte er aus, dies seien alles Bekannte und Verwandte, die beim Umzug geholfen hätten - auch bis spät in die Nacht. Der Vorwurf der Prostitution sei aus Sicht seiner Mandantschaft unverschämt. Es liege im Ermessen seiner Mandantschaft, welchen Besuch sie empfangen würde. Man habe den Einzug gefeiert.

Das Schreiben sollte beeindrucken. Jedoch machte es wütend. Besonders Klaus, der sagte: „Den Anwalt werde ich anrufen und ihn über seine Mandantschaft aufklären. Der soll mal hören, was das für eine ist." Ich hatte Mühe, ihn zu beschwichtigen. Unverzüglich antwortete ich dem Gegenanwalt schriftlich.

Zum Hauptpunkt, dem Vorwurf der Prostitution, nahm ich in keiner Weise Stellung, lediglich zwei kleinere Passagen seines Briefes sprach ich an, aus denen ich erfuhr, dass die Heizung undicht sei und sie das Schloss zu ihrer Wohnung austauschen wolle. Ich widersprach mit aller Entschiedenheit dem Vorwurf, jemals die Wohnung unter Benutzung des Schlüssels betreten zu haben und schlug vor, ihn in seinem Büro zu kuvertieren. Wegen der Reparatur der Heizung ersuchte ich ihn, mit seiner Mandantschaft einen Besichtigungstermin abzustimmen, damit unverzüglich die Undichtigkeit beseitigt werden könne. Ich drohte damit, dem Sozialamt den Schriftverkehr mit seiner Kanzlei vorzulegen, somit hätte ich nicht einmal die gewerbliche Nutzung der Wohnung anzusprechen brauchen. Sein Brief war überdeutlich. Die Heizungsreparatur konnte unverzüglich erfolgen, von einem anderen Schloss war keine Rede mehr. Während ich diese Zeilen schreibe, sitze ich im Zimmer zur Einfahrt. Soeben habe ich zwei Besucher unserer Mieterin fotografiert. Dabei wurde ich gesehen. Ich zittere am ganzen Körper vor Wut, aber auch vor Angst und fotografierte dennoch!

Sie blieben nicht lange.
Für kurze Zeit verließ auch Britta Peters ihre Wohnung. Vielleicht war es eines jener Spielchen, die sie häufiger in der Hoffnung macht, ich würde meinen Ausguck wegen ihrer Abwesenheit verlassen.

Heute ist der 25. September. Noch eine lange Zeit bis zum 31. 12.!
Dann hat das Treiben hier hoffentlich ein Ende!
Nachdem unser erster Anwalt drei Wochen lang nichts, bis auf das Beschwichtigungsschreiben, unternommen hatte, wechselten wir die Kanzlei.
Ein Bekannter von Klaus, der mit vielen Mietern zu tun hat, empfahl uns das Büro Dr. Wernen. Hier seien Fachanwälte tätig, auch für Mietrecht. Er habe nur die besten Erfahrungen mit der Sozietät gemacht, während er von unserem bisherigen Anwalt zu berichten wusste, dass er damit mehrfach Prozesse verloren habe.
Sofort am nächsten Morgen rief ich die Praxis Wernen an. Behutsam schilderte ich meine Beobachtungen und hoffte auf einen Gesprächstermin, an dem ich Belege, schriftliche Aufzeichnungen und den Mietvertrag vorzulegen hätte, aber der für uns zuständige Anwalt, Herr Niemann, unterhielt sich lange

telefonisch mit mir. Er fragte, wie wir auf seine Kanzlei gekommen seien. „Durch Empfehlung." „Von wem?" „Von Herrn Kaspert." „Wie sind sie an ihre Mieterin gekommen? Hat sie inseriert?" „Ja." „Konnte man nicht sehen, welcher Tätigkeit sie nachgeht?" „Das war bei ihrem Aussehen nicht zu vermuten. Inzwischen weiß ich, wie sehr wir uns getäuscht haben." Im Verlauf des Gesprächs machte Herr Niemann das Angebot, mit Britta Peters zu telefonieren und ihr eine Vereinbarung vorzuschlagen, die eine Abfindung für die Vertragsauflösung vorsah. Eine Räumungsklage könne sich ein bis anderthalb Jahre hinziehen. Sie würde die für ihre Zwecke in vielerlei Hinsicht sehr günstige Wohnung sicher nicht freiwillig verlassen. Das zeige schon der Gang zum Gegenanwalt.

Auch ich hatte mir überlegt, dass man über ein finanzielles Angebot sicher eher etwas erreichen könne. Er schlug fünfhundert Euro vor für umzugsbedingte Kosten. Oder mehr, fragte er. Diese Regelung musste ich mit Klaus besprechen, der die ganze Angelegenheit lieber selbst in die Hand nehmen wollte und im Zorn vorschlug, die gesamten Möbel als Sperrmüllabfuhr an die Straße zu stellen.

Herrn Niemann sagte ich Umzugskosten für unsere Mieterin in Höhe von fünfhundert Euro

zu, höher nicht, da es uns widerstrebe, solch offensichtliches Fehlverhalten auch noch zu honorieren.
Er telefonierte mit Frau Peters.
Zu meiner großen Erleichterung stimmte sie seinem Vorschlag zu. Auf ihren ausdrücklichen Wunsch wurden zwei weitere Punkte in die Vereinbarung aufgenommen. Wir mussten uns verpflichten, nicht mehr zu behaupten, sie gehe der Prostitution nach. Zum anderen wollte sie die ihr unentgeltlich, für kurze Zeit überlassene Garage zum Abstellen der überflüssigen Küchenmöbel, die von ihrem getrennt von ihr lebenden Mann schnellstmöglich abgeholt würden, „ja, ja, stellen sie die Möbel ruhig für einige Tage unter!" – nun bis zum vereinbarten Auszugstermin benutzen dürfen. Die Garage stand mir für mein Auto also auch im Winter nicht zur Verfügung! Wieder sehr behutsam brachte mir unser Anwalt die beiden zusätzlichen Punkte näher. Sie habe sich bei ihm beklagt, dass sie schon auf dem Marktplatz komisch angeguckt würde. Das erschien nachvollziehbar, sah ich doch täglich, wie schnell sich ihr neuer Standort herumgesprochen hatte. Aber auch mich gucken viele komisch an, wenn ich das Haus verlasse! Damit der Kreis der Gaffer nicht noch größer wird, sitze ich beim Fenster,

fotografiere und verjage Freier aus der Einfahrt. „Es macht uns nichts aus zu versichern, nicht mehr zu behaupten, dass sie der Prostitution nachgeht. Das wissen sowieso schon recht viele und die Möbel können in der Garage so gelagert werden, dass mein Auto wieder hineinpasst."
Herr Niemann würde die Vereinbarung entsprechend formulieren und am nächsten Tag solle ich damit zu unserer Mieterin gehen. Nein, Zeugen brauchten nicht dabei zu sein. Das könnte sie stutzig machen. Ruhig erklären, dass dies die mit unserem Anwalt gestern besprochene Vereinbarung sei, die sie bitte unterzeichnen wolle. Auf keinen Fall provozieren, nur dafür sorgen, dass sie unterschreibt.
Sie tat es nicht!
Alles erst mit ihrem Anwalt wollte sie besprechen. Ich solle ein Exemplar da lassen.
Als wir uns an einem der nächsten Tage in der Einfahrt begegneten, sagte sie, am Donnerstag habe sie einen Termin bei ihrem Anwalt. An diesem Tage fand ich in unserem Postkasten die nicht unterschriebene Vereinbarung und einen Adressbuchzettel mit kindlich krakeligen Blockschriftbuchstaben.
„Betreff Vereinbarung: 2) Frau Peters muss achthundert Euro umzugsbedingte Kosten haben. Da die Kosten für den Umzug nicht

mehr vom Sozialamt übernommen wird. Die Schäden am Teppichboden durch Wasser von der Heizung und die noch kommen werden, wird nicht von Frau Peters übernommen. Neue Vereinbarung."
Ich rief unseren Anwalt an und teilte ihm mit, dass das Unterzeichnen leider nicht geklappt habe. Auch lehnte ich die Zahlung des höheren Betrages ab. Schon die Formulierung, `Frau Peters muss achthundert Euro haben,´ reizte mich.
Das Mietauto für den Umzug zu uns kostete aus meiner Erinnerung vierhundertsiebzehn Euro. Sie würde nicht sehr weit wegziehen, wegen der geschäftlichen Kontakte und der Möglichkeit, die Wohnung ihrer Freundin und Kollegin Uta aufzusuchen.
Als weitere, verfügbare Mittel hatte sie die ihr vom Sozialamt zugestandenen Renovierungskosten für die Wohnung bei uns, die sie noch nicht, zumindest nicht für den Zweck ihrer Bestimmung, ausgegeben hatte. Ich sagte Herrn Niemann, dass ich an die Grenzen meines Rechtsempfindens gelangt sei bei der Einwilligung zu dem ursprünglichen Betrag. Dann müsse eben der aufreibendere Weg über eine fristlose Kündigung, Räumungsklage, gegebenenfalls Zwangsräumung gegangen werden. Er gab zu bedenken, dass dieser Weg

ausgesprochen teuer und nervenaufreibend werden würde. „Von jemandem, der nichts hat, bekommen sie keinen Cent wieder, selbst, wenn sie gewinnen sollten. In der ersten Instanz kostet der Prozess etwa eintausendfünfhundert Euro, in weiteren Instanzen, die ja zu erwarten sind, wird es richtig teuer." „Das müssen wir in Kauf nehmen. Ich bin andererseits auch nicht bereit, mich unter Druck setzen zu lassen. Im Grunde genommen glaube ich, dass sie von selbst ausziehen wird, da wir, besonders ich durch meine dauernde Anwesenheit dazu beitrage, dass ihr Geschäft rückläufig ist. In deren Augen verhalte ich mich geschäftsschädigend. Mal sehen, wer die stärkeren Nerven hat. Unser größter Trumpf in der Hand ist immer noch die Verständigung des Sozialamtes. Im Übrigen ist das Sozialamt gegebenenfalls bereit, die neuerlichen Umzugskosten zu übernehmen, so die Auskunft des zuständigen Beamten. Wenn die neue Wohnung billiger ist als die jetzige, dann sei ein Umzug sehr wohl im Interesse des Amtes, sagte er mir auf Anfrage. Ich erfuhr auch, dass Frau Peters ihm von einem geplanten Umzug berichtet hat und dass sie gesagt habe, es gäbe mit uns Differenzen."
Oh, ja, und was für welche!

Unser Anwalt sagte zu, Frau Peters zu schreiben. Die Schärfe des Briefes, von dem wir am darauffolgenden Tag eine Ausfertigung erhielten, verblüffte mich. In unseren Telefonaten gewann ich den Eindruck, einen sehr diplomatischen, um Vermittlung bemühten Menschen vor mir zu haben. Sicher hätte er es lieber gesehen, wenn wir auf die höhere Forderung eingegangen wären, aber die Deutlichkeit seines Briefes zeigte mir, dass er auch unsere Beweggründe akzeptierte, sich nicht erpressen zu lassen, sondern den dann kostenaufwändigeren, aufreibenderen Weg der Räumungsklage gehen zu wollen.
Sein Schreiben hatte den gewünschten Erfolg.
Britta Peters rief ihn kurz nach Erhalt des Briefes an. Sie fragte ihn schroff, wie er behaupten könne, dass sie der Prostitution nachgehe. Vermutlich ebenso schroff und bestimmt erwiderte er, dass er lediglich Behauptungen seines Mandanten weitergegeben habe. Sie berichtete, ihr sei zum ersten Oktober die Sozialhilfe gesperrt worden, wohl wegen meines Anrufes dort. Die dreihundert Euro mehr hätte sie haben wollen, weil ihr Fahrrad aus der unverschlossenen Garage verschwunden sei. Aber letztendlich war sie zur Unterschrift unter der Vereinbarung bereit.

Herr Niemann rief mich unverzüglich an und bat, möglichst sofort zu ihr rüber zu gehen, bevor die Wirkung seines Telefonats verflacht sei.
Er sagte: „Gehen sie bitte. Überwinden sie ihren Ekel" – ich habe gar keinen – „sie wird nach meinem Dafürhalten unterschreiben. Sie hat mir von dem Flecken im Teppichboden erzählt und wünscht eine Versicherung, dafür nicht aufkommen zu müssen. Fügen sie das bitte als fünften Punkt unter die Vereinbarung. Sagen sie ihr, sie hätten sich bei ihrer Versicherungsagentur erkundigt. Das Fahrrad sei nicht versichert." „Im Höchstfall durch ihre Hausratsversicherung." „Hat sie nicht." „Ein unverschlossenes Fahrrad in einer unver-schlossenen Garage. Dann müssten wir auch für den von ihr verkauften Wäschetrockner aufkommen! Der fehlt inzwischen in ihrer Wohnung." Als die Anzeige am 1. September erschien:
„Wegen Haushaltsauflösung Wäschetrockner für dreihundertsechzig Euro zu verkaufen," von der wir Kenntnis erhielten, weil ein Pärchen Klaus beim Autowaschen nach Frau Peters fragte, die jedoch nicht öffnete, obwohl sie verabredet waren, schöpfte ich Hoffnung. Dass sie zum Ersten ausziehen würde, hatte sie Stunden zuvor angekündigt.

Am Abend des 31. August verließ sie mit Freundin Uta spät die Wohnung. Beide Frauen waren festlich gekleidet. Britta Peters trug ein schwarzes Kleid. Uta, ebenfalls in schwarz, wirkte billig in ihrem üppig mit Gold besetzten Kleid. Jede trug eine rote Rose. Sie kamen spät wieder. Uta ging in Richtung ihrer Wohnung. Britta Peters feierte noch weiter. Sie drehte ihre Musikanlage auf.
Die Bässe dröhnten durch das ganze Haus.
Gegen drei Uhr rief ich sie an und bat, die Musik leiser zu stellen, wir könnten nicht schlafen. Sie reduzierte die Lautstärke unmerklich.
An schlafen war nicht zu denken. Nun geht das hier los, dachte ich voll Schrecken.
Eine Stunde später rief ich die Polizei an.
Als die Beamten das Eingangstor öffneten, bemerkte sie sie und regelte mit der Fernbedienung die Anlage auf Zimmerlautstärke. Sie fragte: „Ist das zu laut?" „Eben soll es lauter gewesen sein." Als die Polizei fort war, ging die Randale vollends los. „Midnight Lady" auf voller Lautstärke! Die Anlage war so übersteuert, dass im Zimmer über ihrer Wohnung die Gläser klirrten. Ich ging nicht mehr ins Bett, schaute zum Fenster und wartete. Um 5:15 Uhr wurde die Musik ausgestellt, sie ging schlafen, ich auch. Kurz

vor sieben Uhr wurde ich wach. Das Erwachen war so, wie schon oft im letzten Monat. Das Herz rast, der Körper zittert, einschlafen ist unmöglich.
In meiner Wut ging ich in unseren Kaminraum, der hinter ihrem Schlafzimmer liegt und drehte das Radio auf volle Lautstärke. Ich hoffte, dass die in Überlautstärke wechselnden Wortbeiträge und die Musik nicht dem Geschmack der Schlafwilligen entsprechen würde.
Mit gleicher Münze wurde ihr heimgezahlt!
Vielleicht spürte sie, wie zermürbend es ist, um den Schlaf gebracht zu werden. Das Radio dudelte bis zum Nachmittag.
Terror durch zu laute Musik hat es bisher nicht wieder gegeben.
Am letzten Wochenende wurde ihre Musikanlage mit den überproportional großen Boxen verkauft. Sie hörte meistens romantische Liebeslieder und Schlager, in der die Suche nach Glück, Liebe und Treue besungen wurde.
Wunschvorstellungen von einer heilen Welt hat sie scheinbar noch nicht begraben in ihrer Welt der Prostitution, der Lüge, des Diebstahls und der Hehlerei. Hoffentlich gelangt sie so schnell nicht an eine andere Musikanlage.
Gleich an einem der ersten Abende hier hörte sie zu laut Musik. Es war schon spät. Ich zog

einen Mantel über das Nachthemd und ging zu ihr rüber. Die Tür stand auf, es war eine warme Sommernacht. Auf dem Sofa saß ein männlicher Gast, der den Arm vor das Gesicht schlug, ein weiterer, kleinwüchsiger Mann hatte zuvor die Wohnung verlassen und stand vor der Einfahrt, die Straße entlang schauend.
Damals hielt ich die Männer für ganz normale Bekannte.
Als ich Frau Peters bat, die Musik leiser zu stellen, reagierte sie sofort.
Es blieb leise.

Mit seiner Vermutung, dass sie einer Vertragsauflösung zustimmen würde, hatte unser Anwalt Recht.
Als ich kurze Zeit später vor ihr stand, las sie den von ihr zusätzlich gewünschten Punkt, der sie von Ersatzansprüchen für die Schäden am Teppichboden freistellte, genau durch und unterschrieb zitternd. Danach fragte sie sanft: „Frau Gerdes, wie kommen sie darauf, dass ich einer gewerblichen Tätigkeit nachgehen soll?" Ebenso freundlich erwiderte ich: „Frau Peters, über diesen Punkt brauchen wir beide doch wohl nicht zu diskutieren." Über die Haftung wegen ihres verschwundenen Fahrrads sprach sie nicht.
Sofort verständigte ich Herrn Niemann. „Es hat geklappt! Sie hat unterschrieben.

Herzlichen Dank für ihr geschicktes Taktieren. Sie sind sehr diplomatisch." Von der ersten Kontaktaufnahme mit der Kanzlei Dr. Wernen, hier insbesondere mit Herrn Rechtsanwalt Niemann, sind gerade einmal zehn Tage vergangen. Er hat ein Resultat erzielt, mit dem wir leben können müssen. Noch fünfzehn Wochen mit ihr zusammen in einem Haus, noch zweimal so lange, wie es bis jetzt gedauert hat.

Oft habe ich mich gefragt, was haben wir dieser Frau getan, die durch ihre Dienste in unserem Haus unsere Anschrift, meine Tochter, unsere andere Mieterin und mich besudelt? Ich höre noch das Echo ihrer Worte: „Ich bin der Frau ja so dankbar, dass sie mir die Wohnung gegeben hat."

Die gemäßigte Mitleidstour, dass sie wegen der Trennung nun Sozialhilfeempfängerin sei und die Bezüge zu gering für die ehedem viel höhere Miete wären, die trotz der Arbeit auf zwei Putzstellen kaum zu bezahlen sei, hatte meine Mentalität - edel sei der Mensch, hilfreich und gut - angesprochen.

Thesen wie: „Wenn du zwei Röcke hast, dann gib einen dem, der keinen besitzt" und der Frage: „Was sollen die Leute sagen oder denken?" und mit der Ermahnung erzogen: „So was tut man nicht!" wurde mein Charakter geformt. Sich nicht ausnutzen zu lassen, eigene Hilfsbereitschaft zurückzudrängen, fragen, was nutzen mich andere, werden meine künftigen, nicht immer leicht umzusetzenden Orientierungspunkte sein.

Einer der gestrigen Kurzbesucher hatte, wie ich später von unserer anderen Mieterin erfuhr, zuvor bei ihr geschellt und nach Britta gefragt. Sie wies dem blasshäutigen Mann mit der dunklen Lederjacke den Weg zur anderen Einfahrt.

Er zögerte beim Öffnen des Tores, sah mich am oberen Fenster, betrat dann doch die Zuwegung. Britta stand schon an der Eingangstür und öffnete schnell. Danach holte er den zweiten Landsmann herein. Sie blieben zehn Minuten. Scheinbar gingen deren Erledigungen schnell, oder die Gelegenheit war ungünstig.

Mir war schlecht geworden wegen der Aufregung und Angst beim Fotografieren. Wie würden die Männer reagieren?

Wir ließen während der Nacht an mehreren Stellen das Licht im Haus brennen.

Es passierte nichts!

Die fremde Mentalität macht mir Sorgen. Wie reagieren diese Männer, die ich durch meine Anwesenheit davon abhalte, sich in unserem Haus zu verlustigen?

Bei einem großen Teil der Clubbesucher habe ich inzwischen ein geändertes Verhalten feststellen können. Sie benutzen die andere Straßenseite, wenn sie sich die Beine vertreten und diskutieren. Sie schauen kaum noch rüber, wollen mit Britta Peters wohl nicht in Zusammenhang gebracht werden, vermute ich. Die an ihr Interessierten schleichen abends am Tor vorbei, schauen durch das Efeu der Pergola am Parkplatz des Lebensmittelmarktes. Sie scheuen das Aufflammen des Scheinwerfers. Zeigen sich zum wiederholten Mal am Tor, bis Uta die Wohnung verlässt, den Bewegungsmelder und das Licht auslöst, das Tor öffnet und die Wartenden hereinhuschen lässt. Die Scheinwerfer tragen dazu bei, dass abends die Häufigkeit der Besucher nachgelassen hat.

Die Hauptbeschäftigungszeit scheint jetzt in den Nachmittagsstunden zu liegen.

Eigentlich sind wir nach dem Unterzeichnen der Vertragsauflösungsvereinbarung zum Ende des Jahres nicht mehr beweispflichtig, wie es so schön im Amtsdeutsch heißt.

Ich behalte meine häufigen Aufenthalte am Fenster jedoch bei, um die Situation nicht wieder ausufern zu lassen.

Freier werde ich aus Furcht nicht mehr fotografieren.

Hoffentlich installiert unser Freund die seit Wochen bestellte Überwachungsanlage bald.
Die Kamera ist schon lange da und übermittelt Bilder von hervorragender Qualität. Aber die besondere Schaltung, die er basteln will, funktioniert noch nicht.
Inzwischen liegt auf einem Blumenübertopf unser Fotoapparat deutlich sichtbar, den ich jedoch nicht mehr auslösen werde. Weiterhin aber werde ich dasitzen, schreiben, gucken, verhindern, ihr begreiflich machen, dass sie für ihre Zwecke die falsche Wohnung und die falschen Vermieter ausgesucht hat.
Baut sie so fest auf unsere Anständigkeit, ihre Tätigkeit nicht dem Sozialamt mitzuteilen?
Ist sie sich so sicher, dass man ihr nichts nachweisen kann, obwohl ich ihr schon lange von der Anschaffung der Überwachungskamera erzählt habe und eine Attrappe bereits angebracht wurde? Ihre Schwierigkeiten würden nicht geringer, wenn wir dem für sie zuständigen Sachbearbeiter reinen Wein einschenken würden, unsere aber auch nicht! Dieser Schritt würde die Situation bis zu ihrem Auszug bestimmt nicht verbessern. Eine Steigerung ihrer Aktivitäten, wie zu Beginn ihrer Zeit hier, wäre die Folge. Sie würde das mietfreie Wohnen und die, aus ihrer Sicht, viel zu geringen Lebenshaltungskosten verlieren, die

zumindest einen Teil ihres enormen Zigaretten- und Schnapskonsums und der hohen Telefonkosten abdecken.
Den Trumpf „Sozialamt" spielten wir noch nicht aus!
Betrachtet man die derzeitige Situation von der positiven Seite, habe ich einiges an Gewicht verloren, das obere Wohnzimmer wurde noch nie so häufig benutzt. Es musste, um Platz für den Tisch beim Fenster zu schaffen, umgeräumt werden. Danach sieht es fast noch gemütlicher aus. Die Sicherheitsanlagen wären nicht angeschafft worden. Unsere Eingangstür und die Einfahrt wären nicht vermehrt gepflegt und gereinigt worden. Ich würde mir nicht so viel Zeit zum Schreiben nehmen und hätte zudem die Handlung nicht frei Haus geliefert bekommen.
Jedes Ding hat zwei Seiten!
Mein erhöhter Zigarettenverbrauch steht auf der anderen.
Nie hätte ich diese Einblicke in die Geschäftigkeit auf unserer Straße erlangt, nie den Gesichtsausdruck eines ihrer Kunden gesehen, mit dem sie eher zufällig vor dem Tor zusammentraf. Die Augen des Mannes leuchteten. Verliebtheit, Erinnerung an unvergessliche Momente, ja, Glückseligkeit spiegelte sein Gesicht wider, während sie

mürrisch das Gartentor öffnete, grimmig abweisend an ihm vorbeiging, wissend, dass ich am Fenster saß. Ich hätte auch nicht beobachten können, dass zwei mir bisher noch nicht bekannte Damen hier ebenfalls seit Neuestem ihre Kreise ziehen.

Klein, zierlich, lange, blond gewellte Haare, mit den schönen Körper betonender Kleidung - kurzer, grauer, schwingender Rock, graue Strümpfe, schwarze Schuhe mit höherem Absatz, hüftlange, braune Lederjacke mit Goldbesatz.

Einen Nachmittag wiegenden Schrittes die Straße auf- und abschlendernd, Zeit todschlagend, sich anbietend.

Am nächsten Abend beobachtete ich eine kleine, dunkelhaarige Frau in schwarzer Hose und schwarzer, langer Lederjacke. Slavischer Typ mit hervorragenden Deutschkenntnissen. Sie überquerte die Straße und plauderte lebhaft mit einem Mann, der von mir zuvor als möglicher Freier der Britta Peters eingeschätzt wurde, weil er in Abständen vorbeikam und auffällig zu ihrer Tür hinübersah.

Die Dunkelhaarige berührte den Mann vertraut am Arm, legte ihre Hand auf seine Taille. Sie redete lebhaft freudig auf ihn ein, konnte nicht begreifen, als er sich zum Marktplatz hin von ihr abwandte. Sie zögerte einem Augenblick, überquerte wiederum die Straße und flanierte in unsere Richtung zurück, flüchtig die Auslagen eines Schuhgeschäftes betrachtend und die Überschriften der Zeitungen an dem uns schräg gegenüber liegenden Kiosk überfliegend. Vom Haushaltswarengeschäft ein verstohlener Blick auf mein gut zu sehendes Fenster, dann weiter, bis unsere Hausfront ihren weiteren Weg verdeckte.

Brittas Konkurrenz war zwar schöner als sie, jedoch offensichtlich erfolglos. Ob der gutaussehende, große, dunkelhaarige Mann doch noch mit Britta zusammenkam, konnte an diesem Tag nicht beobachtet werden.

Der Nuttentreff am Kiosk beim Markt scheint sich aufgelöst zu haben. Sooft wir dort vorbeikamen, saßen nur einige Männer trinkend auf der Bank, manchmal eine oder zwei ältere Frauen. Uta, Britta und Brittas Zwillingsschwester waren nicht mehr anzutreffen. Sie werden andere Wege der Kontaktaufnahme gefunden haben. An der nahen Großbaustelle sind während der Restfertigstellung fast ausschließlich heimische Firmen beschäftigt.

Die osteuropäischen Arbeiter haben ihre Tätigkeit beendet und so ist es im Gewerbe der Damen ruhiger geworden. Die bevorstehende kalte Jahreszeit wird ihre Tätigkeit weiter erschweren. Britta blieben einige Interessenten aus dem Kulturclub.

Das Angebot aus der Richtung lautete zweihundert Euro wöchentlich oder mehr - für was auch immer? Auch er habe schon einmal dreitausend Euro Schulden gehabt, zeigte der Verhandlungspartner Verständnis für Notlagen. Ihre Gegenfrage: „Kann ich mich auf das Geld verlassen," wurde mit einem Kopfnicken quittiert.

Während ich diese Zeilen schreibe, kommen beide Freundinnen von einer kurzen Besorgung zurück, haben signalisiert, dass sie Besuch empfangen können. Zwei Männer folgten ihnen kurze Zeit später, kamen aber bisher nicht rein. Zwei andere, sehr gut Aussehende, strichen gerade ums Haus. Gleich werden wir Abendbrot hier oben essen. Wie sich gezeigt hat, war diese Zeit, die wir im unteren, zum Garten gelegenen Esszimmer verbrachten, eine gute Möglichkeit, ungesehen ins Haus zu gelangen.

Wenn ich die Aktivitäten der beiden Frauen richtig beurteile, die meist nach dem gleichen Schema verlaufen, erwarten sie noch Besuch. Also versuchen wir das zu verhindern durch dasitzen, schreiben, gucken, essen, Karten spielen. Es wird schon früher dunkel, die Beleuchtung flammt immer eher auf.

Sicher hören die beiden Frauen unter mir das Klappern meiner Schreibmaschine, ärgern sich, dass jemand täglich stundenlang nichts Besseres zu tun hat, als auf die Straße zu sehen und auf einer Schreibmaschine herum zu kloppen und sind wütend, dass sich noch niemand zu ihnen hereingetraut hat, weil mögliche Besucher weiterhin auf einen unbeobachteten Moment warten.
Uta geht nach einiger Zeit fort.
Nach dem Essen starte ich zusammen mit unserer Tochter zu einer Ausstellungseröffnung. Klaus vertritt mich am oberen Fenster.
Als ich zur ungewöhnlichen Zeit beim Kiosk vorbeifahre, sehe ich Uta mit ihrem Hund dort in Gesprächen mit Trinkenden. An diesem Abend bekommt Britta Besuch von zwei Männern und einer Frau, wie mir Klaus berichtete. Einer der Männer holt Bier, die Vorhänge bleiben geöffnet. Es ist kein geschäftlicher Besuch. Gegen 23:00 Uhr verlassen die Besucher die Wohnung. Das Licht wird ausgelöst. Britta geht hinterher, steigt jedoch nicht in das Auto der Abfahrenden, sondern trifft sich beim Lebensmittelmarkt mit einem Mann. Eine halbe Stunde später kommt sie mit einem Taxi wieder. Jemand ruft: „Sind die immer noch

da?" Ja, ich bin immer noch am Fenster mit der nicht vollends geschlossenen Jalousie und sehe, wie noch in dem durch Britta ausgelösten Lichtschein ein kleiner, braungebrannter Mann, einen Pizzakarton vor sich tragend, zu ihr geht.

Er blieb eine dreiviertel Stunde. Inzwischen war ich ins Bett gegangen und fest eingeschlafen, aber vom Aufflammen des Strahlers erwacht.

Der Pizzalieferant kam in der Folgezeit früher und häufig. Die Verweildauer betrug meist eine Stunde.

Er entwickelte ein kleines Ritual, lief wiederholt vorbei, verschob den Moment des Betretens unserer Einfahrt. Oft drehte er mit dem Fahrrad seine Kreise, hoffend, dass mein Fenster unbesetzt sein möge. Später betrat er, den Pizzakarton auf beiden Händen vor sich haltend, nach leisem Torklappen zügig die bereits geöffnete Wohnungstür der Britta Peters. Er kam fast täglich.

Es sind für Britta noch zweiundneunzig Tage in dieser Wohnung. Manchmal schimpft sie: „Die sitzt ja immer am Fenster, die Alte!"

Als ich vorgestern mit meiner Schwägerin oben Tee trank, holte sich unsere Mieterin Bier und eine Tageszeitung. Das Wohnungsangebot war in dieser Ausgabe für sie nicht ergiebig. Es

gab nur eine günstige Wohnung in einem nahegelegenen Stadtteil, für ihre geschäftlichen Interessen jedoch zu weit entfernt!
Beim ersten Versuch, die Mietvertragsauflösung unterschreiben zu lassen, fragte ich sie, ob ich ihr den Anzeigenteil des Sonnabends in den Postkasten stecken solle, da sie keine Zeitung bezieht. Sie knurrte etwas Unverständliches. Ich ließ die mitgebrachte Zeitungsseite dort, die sie sofort las. Später hörte ich, dass sie eine Wohnung in Aussicht habe, ein Umzug könne jedoch erst im Januar oder Februar erfolgen, da noch umgebaut werden müsse, sagte mir der Sachbearbeiter des Sozialamtes. Ich hatte ihn aufgesucht, mich in die Reihe der Sozialhilfeempfänger gesetzt, gefragt: „Warten sie auch hier vor dieser Tür?" „Ja, wir schon!" und „Nein, ich warte auf einen Bekannten," als Antwort gehört. Ich setzte mich auf einen Stuhl, sah die fragenden Blicke, schaute mich selbst fragend um. Mir fiel auf, dass alle Wartenden korrekt und gut gekleidet waren. Vorwiegend wurde Jeansbekleidung getragen; ich passte also ins Bild.
Einige Türen weiter entfernt erkannte ich Ulla. Sie ist eine stadtbekannte Nichtsesshafte mit enormem Trinkvermögen. Sie sprach laut.
Sie schimpfte, weil die Beamtin den Besucher zuerst reingelassen hätte, bei dem es so lange

dauere. „Der werde ich gleich mal ein paar Takte sagen. Überhaupt, nach Bielefeld müsste man ziehen, da gibt es viel mehr! Wer in Bielefeld eine Wohnung bekommt, kriegt gleich zweitausendfünfhundert Euro für Möbel. Mein Sohn ist nach Bielefeld gezogen!"
Eine andere Wartende antwortete leise. Ulla sprach noch von acht und drei Euro und fragte laut in die Runde: „Was kann ich denn dafür, dass ich obdachlos geworden bin?"
Sie sah ordentlich aus, trug eine Jeanshose, einen weißen Pullover, die Haare waren gewaschen. Im Verlaufe des Nachmittags und Abends hielt sie sich am Wochenmarkt auf, teilte ihren Mittrinkern schreiend ihre Lebensweisheiten mit, die bis zu uns zu hören waren. Ihr lallendes Gekreische war bedeutend lauter als ihr, die Flure des Sozialamtes erfüllendes Gerede am Vormittag.
Das neben mir wartende Ehepaar schmunzelte verlegen bei Ullas Auftritt im Amt, die offensichtlich genoss, Mittelpunkt zu sein. Sie redete gestenreich im Stehen.
Der Begleiter der Frau, die rechts von mir saß, verließ das Zimmer des Sachbearbeiters. Das Ehepaar ging hinein. Es dauerte nicht lange, bis ich an der Reihe war.
Der Anlass des Besuches war der Auszugstermin von Frau Peters. Am Abend zuvor hatte

sie spät bei uns geschellt und mitgeteilt, dass sie am nächsten Morgen nicht da sein würde, wenn der Handwerker für die Heizung käme. Sie müsse zum Arzt, da sie sich erkältet habe, weil zum Wochenende der Wasserdruck in der Heizung abgesackt sei. Sie würde sofort das Sozialamt wegen einer Mietkürzung verständigen. „Machen sie es doch!"
Weiter sagte sie, wir hätten ja einen Schlüssel und sollten mit dem Handwerker in ihre Wohnung gehen. "Das tun wir nicht ohne weiteres." „Ja, Herr Gerdes, dass sie das nicht machen, weiß ich! Aber ihre Frau!" Der erste dieser Sätze wurde mit weicher Stimme gesprochen. Aha, dachte ich, jetzt kommt die Variante zu versuchen, den Vermieter auf ihre Seite zu ziehen.
Der Schlüssel hätte längst bei ihrem Anwalt hinterlegt worden sein können. Natürlich hat Freundin Uta einen Schlüssel, den sie auch häufig benutzt.
Zu Beginn des Mietverhältnisses, als ich auf den bei uns befindlichen Schlüssel aufmerksam machte, hieß es noch: "Das ist schon gut so! Behalten sie ihn ruhig. Es kann ja immer mal etwas sein." Für welchen möglichen Notfall der Schlüssel genutzt werden könnte, war mir damals noch nicht klar. Schutz vor Übergriffen bietet Uta die Schäferhündin. Die

ist fünf Jahre alt, ausgesprochen zutraulich, an viele Kontakte gewöhnt. Wild bellend reagiert sie auf zum Gruß winkende Männer. Den erhobenen Arm erkennt sie als Drohgebärde, als Schlagen.

Sie verteidigt ihr Frauchen und deren Kollegin - ist vielleicht selbst Kollegin?

Als ich dem Hund zum ersten Male begegnete, sträubten sich seine Nackenhaare. Britta Peters bemerkte es und fragte: „Was ist mit dem denn los. Dem stehen ja die Haare zu Berge." Auch ich war verwundert, zumal wir lange Jahre selbst eine Hündin hatten. Sicher witterte der Hund, dass ich anders war, als die Frauen in ihrer unmittelbaren Umgebung. Aber das wurde mir erst sehr viel später bewusst.

Wir unterhielten uns über Hunde und Frau Peters stellte die Frage: „Aber sie wollen sich doch keinen neuen zulegen?" „Nein, eigentlich nicht!" Ein Hund würde aufmerksam machen, möglicherweise vertreiben!

An dem Abend vor meinem Besuch beim Sozialamt sagte sie noch leicht schwankend, die Zigarette in der Hand: „Übrigens, ich ziehe erst zum 31. März aus!"

Das saß!

Ich zitterte am ganzen Körper!

Die macht, was sie will, trotz der unterschriebenen Vertragsauflösung!

Ich spürte, dass ich meine Strategie des Abschreckens durch Überwachen kein weiteres Vierteljahr mehr würde aufrecht erhalten können.
Natürlich ärgerte mich auch der schnell zu durchschauende Versuch, einen Keil zwischen Klaus und mich zu treiben.
Die beiden Freundinnen hatten dies sicher zusammen ausgeheckt, hofften, ihn durch ihre Dienstleistungen anzusprechen.
Ihre Optik und seine Ethik standen dem entgegen. Der Versuch würde vergeblich sein, aber die Androhung des späteren Auszuges ließ mich nervös werden.
So bat ich am nächsten Tag den Mitarbeiter des Sozialamtes, Frau Peters zu einem termingerechten Auszug zu raten. Lange würde ich die Situation nicht mehr durchhalten können. Er versprach nicht, mich zu unterstützen und ich ließ ihn im Unklaren über die konkreten Hintergründe. Ich verdeutlichte, dass ich Uta, die er natürlich auch betreute, für die Gewieftere von beiden hielt.
Ein anschließender Anruf bei unserem Anwalt ließ mich ruhiger werden. Wenn ich alles richtig verstanden habe, erfolgt unmittelbar nach dem 31. 12. die Zwangsräumung der Wohnung. Auch Britta Peters wird sich anschließend fragen, weshalb sie obdachlos

wurde, wenn mitten im Winter keine Wohnung in den städtischen Notunterkünften frei ist. Vielleicht gelingt es ihr ja rechtzeitig, einen Vermieter zu täuschen. Die alte Masche sollte sie ruhig wieder verwenden: „Ich bin eine ruhige Mieterin, da können sie meinen Vermieter fragen." Wir würden lügen: „Über Frau Peters können wir nur Gutes sagen," um sie los zu werden. Die Chance, die in unserem Verhalten steckt, hat sie eigentlich nicht verdient und der neue Vermieter ganz sicher nicht den Ärger, den sie ihm bereiten wird.
Eine Chance wäre auch eine Eheschließung. Erwin, den sie nun genau drei Monate kennt, hatte sie darum gebeten. Er lehnte ab, da er froh sei, wie er sagte, für seine erste Scheidung so wenig bezahlen zu müssen. Sie rief ihn wiederholt in seiner Firma an. Seit Wochen fuhr er schon wieder Bagger, obwohl seine Hand nach dem Entfernen des Gipses noch stark angeschwollen war. Seinem Chef, der sie ablehnte, versprach sie: „Ich bringe Erwin vom Alkohol ab!" Darüber konnte ihr Auserwählter nur lachen: „Die säuft ja mehr als ich. Die mich davon abbringen! Als ich sie mal besuchte, standen vier Flachen Schnaps auf dem Tisch. Eine hatte sie schon geleert. Sie kotzte fürchterlich und ich bin erst einmal zur Bude gefahren und habe Pommes-Frites

geholt. Sie wollte nichts essen. Ich habe ihr gut zugeredet, bis sie etwas gegessen hat. - Wir haben uns im Juli im Krankenhaus kennengelernt. Ich hatte einen Schwächeanfall und sie eine Totaloperation. Wir haben nicht miteinander geschlafen. - Natürlich kann ich noch, aber sie war ja gerade erst operiert. Dass sie auf den Strich geht, davon habe ich nichts bemerkt. Als ein anderer Macker sie besuchte, den sie los werden wollte, weil er immer so laut war, wenn er gesoffen hatte, habe ich ihn auf ihren Wunsch rausgeschmissen. An der Bude haben er und zwei andere mich später zusammengeschlagen. Dabei wurde mir die Hand gebrochen. - Geld habe ich ihr nicht gegeben. Nur mal hin und wieder einhundert Euro zum Essen dazugetan. Dreihundert habe ich ihr geliehen. Die werde ich wohl abschreiben können."
Heiraten, einen neuen Namen erhalten, für Gläubiger und den Gerichtsvollzieher vorübergehend nicht erreichbar zu sein mit einer neuen Anschrift, vom Vermieter eine Meldebestätigung unterzeichnen lassen und sich trotzdem nicht ummelden. Für einige Zeit untertauchen vor den Mitarbeitern der Inkassobüros in eine vermeintlich sorglose, bürgerliche Welt. In neue Verbindungen schlüpfen, wäre wieder einmal die Lösung für sie. Ihre

letzte Ehe dauerte ganze zwölf Monate und besteht zum jetzigen Zeitpunkt nur noch auf dem Papier. Erst im April haben sie sich getrennt. Im darauffolgenden Monat zog sie in unseren Ort zurück.

Nur durch ein Feld von ihrer vorigen Wohnung getrennt, fand man zu dem Zeitpunkt, an dem sie nach Erwins Schilderung wegen einer Totaloperation im Krankenhaus lag, hinter einer Garage den Leichnam eines Neugeborenen. Spielende Kinder entdeckten die in eine karierte Decke gewickelte Leiche. Aufrufe an die Bevölkerung brachten zur Decke und zur Tat keine Hinweise.

Der Fundort sei auf keinen Fall der Tatort, hieß es. Es sei auch nicht auszuschließen, dass das Neugeborene aus weiteren Entfernungen hierher gebracht worden sei.

Dies könne wegen der Nähe zur Autobahnausfahrt vermutet werden.

Die Ermittlungen wurden eingestellt.

Wenige Jahre zuvor wurde einen Kilometer vom jetzigen Fundort die Leiche eines neugeborenen Kindes von Anglern gefunden. Sie war in ein blaues Badetuch gewickelt worden. Beide Babys waren voll ausgetragen und hatten nach der Geburt noch gelebt.

Wozu sind manche Frauen fähig? Warum geben sie die Säuglinge nicht zur Adoption frei

oder setzen sie an einer belebten Stelle aus, damit die Kleinen eine Chance bekommen und kinderlose Ehepaare sich einen brennenden Wunsch erfüllen können?
Britta Peters hatte angeblich keine Kinder, habe sie Erwin erzählt.
Am 1. Oktober rief mich ihr Vater an. Er berichtete, dass man ihr die Sozialhilfe gesperrt hätte. „Sie hat kein Geld mehr für Zigaretten," sagte er und fragte, ob ich auch morgen zum Sozialamt kommen müsste. „Was habe ich mit dem Sozialamt zu tun?" „Nein, nein, so nicht, ich meine nur, sie müssten ja auch eine Vorladung bekommen haben, wenn es um die Fotos gehen sollte. Meine Tochter sagte mir, dass sie Fotos von den Besuchern machen. Aber es kommen doch nur Verwandte. Die Cousine aus Beckum war mal da und ich und meine Söhne. Geht es um die Freundin Uta und meinen Sohn?" „Was hat ihr Sohn mit Uta zu tun?" „Er war mal jahrelang mit ihr verlobt." Ich versäumte zu fragen, ob Utas Exmann, vermutlich ist sie inzwischen geschieden, noch einsitzt oder bereits aus dem Gefängnis entlassen worden ist. Für Tötung im Alkoholrausch ist die Strafe gering. Aber ich konzentrierte mich auf meinen Gesprächspartner und konnte nicht erkennen, welchen konkreten Hintergrund dieses Telefonat hatte.

Er vermutet, dass ich die Fotos dem Sozialamt gegeben hätte und durch mich die Problematik dort bekannt gemacht worden sei. Ich konnte ihn beschwichtigen. Die Fotos seien bei unserem Anwalt, sagte ich. „Vielleicht hat der sie zum Sozialamt gegeben?" „Bestimmt nicht, das darf er nicht!" Meine Stimme war fest und bestimmt. Ich sprach in kurzen, verständlichen Sätzen. „Vielleicht hat jemand anderes dort Meldung gemacht. Mein Mann und ich nicht! Wir werden doch nicht so doof sein, zu dem Ärger auch noch den Mietausfall hinzunehmen." „Nein, nein, die Miete wird weiter gezahlt, aber die Sozialhilfe ist gestrichen worden. Alle sagen, die Wohnung ist ja so schön. Sie sind so freundlich, aber sie sind ja gleich zum Anwalt gegangen!" „Ihre Tochter ist viel früher zu ihrem Anwalt gegangen." „Ja, da habe ich auch schon die hundert Euro Kostenvorschuss bezahlt," sagte er. „Und jetzt für den Schiedsrichter wieder die achtzig Euro vorlegen! Bezahlen muss ja dann der, der verliert!" „Will ihre Tochter mit mir zum Schiedsmann gehen? Das soll sie ruhig machen. Ich habe Beweise und Zeugen. Ich werde ihnen nicht sagen, worum es geht. Sie würden es als Vater sowieso nicht glauben. Außerdem habe ich mich schriftlich verpflichtet, darüber zu schweigen. Wenn ihre Tochter jedoch zum Schiedsmann gehen will, wird all das zur Sprache kommen. Das kann nicht in ihrem Interesse sein! Raten sie ihrer Tochter eindringlich, zum 31. 12. auszuziehen, sonst kommt die Zwangsräumung!" „Ja, wir waren ja schon bei einer anderen Wohnung. Sie zieht wahrscheinlich wieder nach Beckum. Schon früher, am fünfzehnten November. Aber sie wohnt doch so schön bei ihnen." „Ja, das hatten wir auch geglaubt. Wir hatten auch geglaubt, eine ruhige Mieterin zu bekommen. Wir sind schwer getäuscht worden. Wenn sie früher auszieht, bekommt sie auch früher die fünfhundert Euro von uns!" Er erzählte noch etwas von seinem langen Aufenthalt auf der Intensivstation und dass keiner geglaubt habe, dass er sie jemals lebend verlassen würde. Dort hätte er immer gehört, dass Britta ihn rief: „Papa, Papa!"

Dieses Mal würde der Trick mit der Tränendrüse nicht funktionieren!

Ich betonte noch einmal, dass hier am 31. 12. für seine Tochter Schluss sei und wünschte ihm gute Genesung.

Mehrere Gründe konnte dieses Telefonat haben.

Einerseits könnte er auszuloten versuchen, ob die Gebühr für den Schiedsmann eine verlorene Investition wäre! Andererseits sollte ich

ihm gegenüber vielleicht über die Prostitution sprechen, damit er bezeugen konnte, dass ich mich nicht an die Vereinbarungen der Vertragsauflösung halte. War es ein Versuch, durch Mitleid und Hervorheben der schönen Wohnung und der netten Vermieterin, die Vertragsauflösung rückgängig zu machen?
Wollte er sich nach den Fotos erkundigen?

Der blasse Südländer mit der braunen Lederjacke, der bei seinem ersten Besuch bei unserer anderen Mieterin nach Britta fragte, kam häufiger, jedoch stets in Begleitung eines weiteren Mannes.
Sie bleiben nur kurz.
Zuvor waren die beiden Freundinnen mit einem blonden, älteren, hageren Mann in einem blauen, gepflegten Pkw eingetroffen. Zur Mittagszeit war er schon vorbeigefahren, hatte seinen Wagen zurückgesetzt und zu uns hoch geschaut. Wir aßen gerade. Er kurbelte das Wagenfenster herunter, beobachtete uns lange. Wir ihn auch. Nachts werden wir das Licht wieder an verschiedenen Stellen brennen lassen.
Anschließend gingen die beiden Frauen in Richtung Kulturclub. Es goss in Strömen. Sie liefen ohne Regenschirm. Weit waren sie nicht fort, denn Uta kam nach kurzer Zeit zurück, huschte hinein und verließ die Wohnung kurz

darauf wieder. Sie hatte sich einen Karton über den Kopf gestülpt. Anschließend traf Britta mit ihrem Vater und einem Bruder ein. Sicher wird ihr ein ausführlicher Bericht über das mittägliche Telefonat erstattet, dachte ich.
Der Bruder schleppte Lebensmittel und Getränkedosen an.
Durch das Gespräch mit dem Vater konnte ich erkennen, dass sie keine Rechtskostenbeihilfe für ihren Gang zum Anwalt, der kurz nach dem Aufstellen des Fotoapparats auf dem Blumenübertopf beim Fenster erfolgte, in Anspruch genommen hatte.
Der Vater bezahlte, wie er sagte, den Kostenvorschuss.
Hinter meiner matt durchsichtigen Glaseingangstür platzierten wir einen Garderobenständer mit Mantel und Hut. Als das Licht brannte, erkannte Uta nicht ganz zutreffend: „Da steht schon wieder einer hinter der Tür."
Nunmehr steht die „Vögelscheuche" seit etwa fünf Wochen im Hausflur und soll für Pizzalieferer und sonstige Besucher den Zugang zur Wohnung unter mir erschweren.
    Als der Blasse wieder einmal kam, diesmal in Begleitung eines sehr gutaussehenden, jungen Landsmanns, öffnete Frau Peters nicht, obwohl sie zu Hause war. Der Pizzalieferant eilte zügig vorbei zum Treff. Er blickte zur Tür

und zu mir am Fenster. Zuvor hatten der Blasse und sein Begleiter bei ihr mehrmals geklopft. Sie warteten, schauten zu mir hoch. Ich ging hinunter, öffnete meine Haustür und fragte, ob ich ihnen helfen könne. "Wir wollen Formular abholen für Rechtsanwalt. Muss bloß unterschreiben." „Sie sehen ja, dass niemand da ist. Ich weise sie darauf hin, dass da vorne ein Schild angebracht ist, auf dem steht, dies hier sei ein Privatgrundstück."
„Interessiert nicht," sagte der Blasse ohne Schärfe. „Nur Formular haben."
Der junge, schöne Mann erklärte: „Das war Mann. Sind geschieden." „Aber sie heißt doch Peters," erwiderte ich. „Ja, vorher wir waren verheiratet." „Lange?" „Drei Jahre. Ich war dreimal hier. Ich hab gesehen, sie haben fotografiert." „Entschuldigung, ich wusste nicht." Entschuldigung, ich wusste nicht, dass wir so etwas wie Leidensgenossen sind, dachte ich. Völlig unnötig war meine panische Angst beim Betätigen des Auslösers und danach. „Jetzt haben wir eine Überwachungskamera, den Grund dafür können sie sich sicher vorstellen," erzählte ich nicht ohne Hintergedanken. „Haben vorher angerufen, hat gesagt, ist da. Haben gedacht, weil Schlüssel liegt, ist da. Hat vielleicht wieder zu viel gesoff und ist spät schlafen gegangen. Darum

wir hier warten! Ist da?" „Das kann ich nicht sagen, ich habe sie nicht hinausgehen sehen."
Ich war nervös bei diesem Gespräch jedoch erleichtert, dass es stattgefunden hatte.
Drei Jahre mit jemandem wie Britta Peters verheiratet gewesen zu sein, mit ihr darüber hinaus wegen gerichtlicher Auseinandersetzungen zu tun haben zu müssen, wäre für mich ein Alptraum. Er muss, wenn seine Angaben stimmen, an die Grenzen der Selbstkontrolle gekommen sein! Ihre Boshaftigkeiten, ihr Betrunkensein, der Musikterror, das Türenknallen, die Hurerei ertragen und sie nicht erschlagen zu haben, zeichnete ihn aus.
Kürzlich verlor ich die Fassung, als sie die Eingangstür, wie immer, wüst zuschlug und an den Fenstern randalierte. Ich brüllte los: „Diese Asoziale weiß überhaupt nicht, was das alles kostet. Die wütet hier rum, die alte Hure. Das Miststück wird mich kennenlernen!"
Ich hoffte, dass sie mein Brüllen gehört haben möge. Sicher bin ich nicht, aber die Türen wurden fortan nicht mehr so laut zugeknallt. Vielleicht ist sie eine jener Frauen, die nur auf Drohungen und Gewaltanwendungen reagieren?
Was glaubt die wohl, was sie noch alles machen kann? Unsere Anschrift durch Hurerei beschmutzen, die Wohnung demolieren,

Wohnungslose anschleppen und erstaunt sein, wenn wir uns wehren?
Das Türenknallen begann an dem Tage, als meine Schwägerin bei einem Spaziergang unsere Mieterin zufällig auf einer Bank am Wochenmarkt mit drei Säufern zusammen erblickte. Britta Peters muss geglaubt haben, man habe ihr nachspioniert. Am Vormittag dieses Tages sah meine Schwägerin sie auf dem Wochenmarkt beim Kauf eines Schmuckstücks. Zuvor hatte sie Lebensmittel erworben. Also stimmte auch nicht, dass man ihr die Sozialhilfe gesperrt hatte, wie mir der Vater am Vortage telefonisch mitteilte. Der kranke Mann lässt ihr Lebensmittel und Geld zukommen, weil er glaubt, für sie sorgen zu müssen. Sie kassiert ab, wo es möglich ist. Geld ist ihre Lebensweisheit, ihr Gefühl, ihr Denken und Trachten!
Zu diesem Zeitpunkt übernachtete ein deutscher Besucher bei ihr. Möglicherweise war es einer ihrer mindestens drei Brüder. Alle haben die schlanke Figur des Vaters; sie ähneln ihrer Schwester in keiner Weise. Abends, als Klaus Wasser auf ihre Heizung auffüllen musste, stellte sie ihn vor: „Das ist mein Bruder. Weil ihre Frau ..." Klaus ging zur Heizung und hörte nicht weiter zu. So verschluckte sie den Satz, der vermutlich heißen sollte: „Weil ihre

Frau behauptet, dass ich Männer anschleppe."
Britta, Uta und der Bruder fuhren später fort. Zu hoffen bleibt, dass sie ihre Tätigkeit längerfristig in anderen Etablissements oder auf dem Straßenstrich abwickeln. Das soll uns egal sein.
Als meine Schwägerin mich nachmittags besuchte, begleitete ich sie nach Beendigung des Aufenthalts bis zum Tor.
Deutlich gestikulierend wies ich auf die Überwachungskamera und wurde dabei gesehen. Dass die Kameraattrappe ihre abschreckende Wirkung haben möge während der nicht mehr ganz drei Monate langen Mietzeit, hoffen wir.
Zum Wochenende brachte der Vater wieder Lebensmittel. Er war in Begleitung der seriös wirkenden, gutaussehenden Dame. Ob das seine Frau ist, wissen wir nicht. Sie kamen nicht rein, weil Britta Peters noch schlief.
Ich grüßte beide flüchtig. Unsere andere Mieterin schaute aus dem Fenster. Ich fragte nach oben, ob sie schon die Überwachungskamera gesehen habe. „Nein." „Da oben, die kleine, harmlose Installation. Sieht aus, wie eine Lampe."
Die Frau vor Britta Peters Tür und der Vater hörten es. Während der nächsten drei Tage hatte ich keine Zeit, mich im oberen Wohn-

zimmer aufzuhalten. Vermutlich gab es keine oder nicht viele männliche Besucher.

Heute, am Nachmittag des 8. Oktobers ist die Geschäftigkeit auf unserer Straße wie vor dem Einzug unserer Mieterin.

Kaufinteressierte eilen geschäftig vorbei, keiner schaut auffällig auf ihre Tür mit den lila Vorhängen. Die sind geöffnet und man sieht, dass sie Fernsehen schaut. Bisher waren keine Gaffer vorbeigegangen. Alles läuft seinen gewohnten Gang.

Für eine gewisse Unruhe sorgte heute Vormittag die Zustellung eines Antrages auf Schlichtungsverhandlung des hier ansässigen Schiedsmanns. Hierin heißt es: "Gegen Frau Ellen Gerdes erhebe ich folgende Beschuldigung: Frau Ellen Gerdes behauptet, ich, Britta Peters ginge dem `Gewerbe´ nach. Diese unrichtige Behauptung wird in dem Schreiben des Rechtsanwalts Niemann vom 13. 9. wiederholt. Auch über Frau Uta Hase, meine Freundin, erhebt sie diese unrichtige Behauptung."

Ein Termin wurde auf den 16. Oktober festgesetzt.

Nach Durchsicht meiner Aufzeichnungen über Männerbesuche bei Britta Peters rief ich unseren Anwalt an. Herr Niemann sagte: „Schiedsmänner sind in der Regel Männer im

mittleren Alter, die um eine vorgerichtliche Regelung bemüht sind. Sagen sie ihm, dass bereits eine Vereinbarung getroffen wurde. Nehmen sie eine Kopie der am 16. 9. von ihnen beiden unterzeichneten Vertragsauflösung mit. Erklären sie, dass Frau Peters in zweieinhalb Monaten ausziehen muss. Nach dem 16. 9. haben sie sich an die Vereinbarung gehalten und nicht mehr erklärt, Frau Peters gehe der Prostitution nach." Das hatte ich in der Tat getan und es wird ihr schwerfallen, Zeugen zu benennen, die Gegenteiliges aussagen würden.
Er sagte weiterhin: „Das ist doch immer dasselbe. Leute, die so viel Dreck am Stecken haben, sind am dreistesten. Sie brauchen sich auf diesen Termin nicht besonders vorzubereiten. Sie machen das schon."
Na, hoffentlich!
Ich wies darauf hin, dass eigentlich mein Mann der Vorzuladende sei, denn er sei der Vermieter und auch der von Herrn Niemann Vertretene. Wenn nun als Grundlage der Beschuldigung gegen mich ein Schreiben des Rechtsanwalts meines Mannes dient, erscheint mir das eine sehr zweifelhafte Argumentation. Natürlich ist mir völlig klar, dass ich die an vorderster Stelle Angegriffene bin. Britta Peters Beziehung zu Frauen kann nur so sein,

dass sie jede Frau als Konkurrentin sieht, ausgenommen ihre Freundin und Kollegin Uta, die aus unbekannten Gründen Macht über sie hat und sie führt. Uta stellt die Kontakte her und verteilt die Rollen, verteilt die Arbeit, berät ihre Freundin, ersinnt Tricks, wie man in dieser Wohnung weiterhin Geld verdienen kann.

Natürlich ist mir ebenso klar, dass ich durch mein Verhalten, in günstiger Position am Fenster sitzend, das bisherige Treiben erschwerend, mich den Angriffen der Frauen ausgesetzt habe.

Meine Taktik des Beobachtens zusammen mit der Installation von Licht- und Überwachungsanlagen sowie dem Errichten des Zaunes, meine permanente Anwesenheit bzw. die meiner Tochter oder einer Nachbarin, hat bereits Früchte getragen. Hoffentlich nicht nur vorübergehende.

Der Reiz der Angebote einer Britta Peters und Kolleginnen nutzt sich mit der Zeit von allein ab.

Nina mit netter Kollegin, soeben aus Übersee eingetroffen, locken in den Clubanzeigen, machen neugierig auf sexuelle Erlebnisse.

Neu, fremdländisch, jung und zierlich, registriert und problemlos zu erreichen, vielleicht etwas teurer, steht gegen unattraktiv, dick und die Gefahr, beim Reinkommen gesehen und auf Video aufgenommen zu werden.

Ob ihr Vater ihr den Gebührenvorschuss für den Schiedsmann gegeben, oder sie ihn von der Sozialhilfe bezahlt hat, ist nicht bekannt. Bekleidungsgeld in Höhe von zweihundertzwanzig Euro hat es in diesem Monat gegeben. Ihren Vater, der Lebensmittel anschleppt und sich um das Überleben seiner Tochter sorgt, hat sie mit der Behauptung, ihr sei die Sozialhilfe zum Monatsanfang gestrichen worden, belogen.

Nach Auskunft des Sozialamtes kann ausgeschlossen werden, dass die Zahlung der Sozialhilfe eingestellt und das Wohngeld weiterhin überwiesen wird.

Die Mietzahlungen trafen regelmäßig ein!

Sie nutzt die neuerlich aufkeimende Zuneigung ihres Vaters aus! Durch ein Gespräch mit ihrem Bruder, der beim Einzug half, erfuhr sie überhaupt erst von dem Krankenhausaufenthalt ihres Vaters. Äußerst bedrohlich sei die Krankheit. „Melde dich doch einmal bei ihm," bat der Bruder.

Der Vater lag zwölf Tage auf der Intensivstation. Er hatte Wasser in der Lunge. So recht hätte keiner geglaubt, dass er die Station lebend verlassen würde, erzählte er mir in dem

Telefonat vom letzten Mittwoch. Im Hospital habe er immer wieder gehört, wie Britta rief: „Papa, Papa!" Er sei jetzt ein Pflegefall und benötige jemanden, der ihn die fünfzehn Kilometer vom anderen Ende unserer Stadt herfährt, sagte er.
Inzwischen haben wir uns in der Straße umgeschaut, in der er wohnt. Er lebt mit einem Sohn in einem schlichten Zweifamilienhaus. Nur wenige Häuser stehen in der Straße.
Rundum gibt es Wiesen und Äcker. Eine schöne Gegend für heranwachsende Kinder.

Der "Pizzalieferant" fuhr mit dem Fahrrad zügig vorbei! Ein kurzer Blick nach links in die Einfahrt.
Es ist schon dunkel. Die Straße ist leer, bis auf einen jungen, großen Mann in auffallend gestreifter Jacke eines Jogginganzuges. Im unteren Teil ist die Jacke rot. Über der Brust verläuft ein gelber Streifen, Ärmel und Schultern sind dunkelblau. Er ist schon mehrfach vorbeigeschlendert. Ich lösche das Licht vor der unverschlossenen Jalousie. Der junge Mann isst Nüsse. Er geht noch einige Male vorbei, kommt aber, solange wir wach sind, nicht herein.
Seit Angang Oktober hat sich ihre Strategie verändert. Mehrmals öffnete sie nicht auf das Klopfen von Kunden. Selbst den „Pizzalie-

feranten", der schon länger keinen Pizzakarton mehr mitbrachte, ließ sie nicht herein. Vorgestern versuchte ein großer, gutaussehender Mann mit Schnauzbart zur besten Tagesschauzeit ihre Dienste in Anspruch zu nehmen. Sie öffnete ihm nicht, weil sie vermuten konnte, dass wir auf dem Ansitz sein würden. Vielleicht aber wurde ihm der Zugang wegen des in wenigen Tagen stattfindenden Gesprächs beim Schiedsmann verwehrt.
Gerade brachte ihr Vater wieder Lebensmittel.
Eine zusätzliche Geldquelle, den Weißen Ring, versucht sie anzuzapfen. Ob es um das vermeintlich gestohlene Fahrrad geht, die verkaufte Stereoanlage, den ebenso veräußerten Wäschetrockner, tatsächliche oder vorgetäuschte Gewalttaten ist nicht bekannt.

Heute erhielt ich einen Brief aus dem Büro des vorherigen Vermieters, dessen Mitarbeiterin mich Mitte August angerufen hatte. Sie fühlte sich ebenso, wie ich mich, getäuscht und hatte sich anfänglich Gedanken wegen des schweren Schicksals ihrer damaligen Mieterin, Frau Peters, gemacht.
Nach den ersten Beschwerden wegen des Musikterrors hatte die Angestellte mit Britta Peters gesprochen. Während dieses Telefonats brach die Angerufene in Tränen aus und sagte:

„Das stimmt nicht, die wollen mir alle was!"
Was muss diese Frau schon erlebt haben, wenn sie sofort weinen muss aufgrund eines höflichen Gespräches, habe die Anruferin gedacht. Ihr Brief an mich fiel deutlicher als erwartet aus. Es dauerte lange, bis sie ihn formulierte, jedoch, als ich sie wegen des Termins beim Schiedsmann noch einmal darum bat, hielt sie ihre Zusage.

Sehr geehrte Frau Gerdes,
wie bereits telefonisch besprochen, schildere ich ihnen zur weiteren Verwendung das Verhalten der Frau Peters in der Zeit, in der sie die oben genannte Wohnung angemietet hatte.
In den ersten Wochen verhielt sich Frau Peters unauffällig. Etwa Ende Juni erhielt ich die ersten Klagen der Nachbarn, die sich darüber beschwerten, dass Frau Peters nachts ihre Stereoanlage auf voller Lautstärke über mehrere Stunden laufen ließ. Die anderen Mieter versuchten durch klopfen und klingeln an der Wohnungstür mit Frau Peters zu sprechen und sie zum Abstellen der Anlage zu bewegen, was jedoch nicht gelang, da Frau Peters die Tür nicht öffnete. Daraufhin wurde die Polizei verständigt, die auch kam und dafür sorgte, dass die Musik abgestellt wurde. Nach diesem Vorfall kam es beinahe regelmäßig zu

ähnlichen Lärmbelästigungen, die darin gipfelten, dass circa Ende Juli die Polizei in einer Nacht dreimal zum Haus kommen musste, um Frau Peters von der ständigen Ruhestörung abzuhalten. Es ging so weit, dass die Polizei ihr beim dritten Einsatz androhte, die Stereoanlage zu konfiszieren, falls sie nicht unverzüglich die Musik abstelle.

Außerdem teilte mir die Mieterschaft mit, dass Frau Peters ständig wechselnde Herrenbesuche erhielt, sodass man sich im Hause bereits fragte, ob Frau Peters einem lukrativen „Nebenerwerb" nachginge.

Nachdem mir die ständigen Ruhestörungen gemeldet wurden, rief ich Frau Peters an, um sie zu den Vorkommnissen zu befragen. Sie verhielt sich am Telefon völlig uneinsichtig und behauptete, dass die Angaben der anderen Mieter nicht wahr seien. Vielmehr hätte man etwas gegen sie.

Meiner Bitte, sich in Zukunft ruhiger zu verhalten und Rücksicht auf die anderen zu nehmen, kam sie nicht nach.

Frau Peters erhält Hilfe zum Lebensunterhalt. Das Sozialamt zahlte auch die Miete, allerdings nicht in voller Höhe, sodass Frau Peters eine Eigenleistung in Höhe von achtundneunzig Euro pro Monat zu erbringen hatte. Dieses Geld habe ich nie erhalten.

Ende Juli rief Frau Peters im Büro an und teilte mit, dass sie beabsichtige, aus der Wohnung auszuziehen, da sie nicht in der Lage sei, die oben genannte Leistung aufzubringen. Sie berichtete ferner, dass sie bereits eine andere Wohnung angemietet habe.
Eine schriftliche Kündigung habe ich nie erhalten.
Am 6. 8. teilte mir die Hausmeisterin mit, dass Frau Peters die Wohnungsschlüssel in ihren Briefkasten geworfen habe.
Eine Nachfolgeadresse hat Frau Peters nicht angegeben.
Als ich die Wohnung in Augenschein nahm, stellt ich fest, dass die Duschkabine beschädigt war.
Am gleichen Tag fragte ich beim Bürgeramt an, um die neue Adresse zu erfahren.
Am 8. 8. erhielt ich die Auskunft, dass Frau Peters sich nicht umgemeldet hatte.
Über das Sozialamt richtete ich am 14. 8. ein Schreiben an Frau Peters, in dem ich darauf hinwies, dass sie noch Mietrückstände habe, die Duschkabine beschädigt sei und eine ordentliche Wohnungsübergabe nicht erfolgt sei. Unter Fristsetzung bat ich sie, sich mit mir in Verbindung zu setzen.
Durch Zufall habe ich erfahren, dass die alte Telefonnummer von Frau Peters behalten

wurde. Als meine Mitarbeiterin sie anrief, um die Angelegenheit zu klären, verhielt sie sich sehr unwirsch, indem sie mitten im Gespräch den Hörer aufknallte und sich bei einem erneuten Anruf nicht bereit erklärte, die Sache zu erörtern. Erst, als ich persönlich mit ihr sprach, lenkte sie ein und vereinbarte einen Übergabetermin mit mir, den sie jedoch erwartungsgemäß nicht einhielt.
Seither bin ich ohne jede Nachricht verblieben.
Die Kosten für die Reparatur der Duschkabine und rückständige Mietzahlungen stehen nach wie vor aus.
Ich hoffe, ihnen mit diesen Angaben zunächst gedient zu haben und verbleibe
mit freundlichem Gruß
Härtel

Gedient hatte der vorherige Vermieter mir sicher mit der Erwähnung der ständig wechselnden Herrenbesuche für den bevorstehenden Termin beim Schiedsmann und mit der Vermutung, Frau Peters gehe einem lukrativen Nebenerwerb nach.
Die will mich in die Knie zwingen und hofft auf Wiederherstellung ihrer Ehre. Freundin Uta grinst zu mir zum Fenster hoch, wenn sie in Begleitung des Bruders der Peters erscheint. Offensichtlich hat sie sich von ihrem vorher-

igen Macker getrennt und ist zu ihrem langjährigen Verlobten, wie der Vater es ausdrückte, zurückgekehrt. Weil die Liebe neu entflammt ist, er weniger trinkt und weniger eifersüchtig ist oder einfach nur, weil er aus dem Gefängnis entlassen wurde?
Sie ist erstaunt, dass ich immer noch am Fenster sitze, schreibe, lese und beobachte. Die Hoffnung der beiden Frauen geht nicht auf, ich würde unter dem Druck der Verhandlung beim Schiedsmann meine Gewohnheiten ändern und ihnen das Terrain überlassen.
Vor zwei Tagen hatte ich für die hier herrschende Situation ein bezeichnendes Erlebnis. Ich verließ das Haus, um eine Nachbarin aufzusuchen.
An der Straße stand ein alter, kleiner Mann, der mir den Rücken zuwandte, den regen Autoverkehr beachtend. Er wollte die Straße überqueren. Als er mich bemerkte, taxierte er mich, zog mich mit Blicken aus! Ich schaute ihn gehässig so lange an, bis sein Blick zur Seite wanderte. Und das dauerte sehr, sehr lange bis er den Blick von einer Frau, insbesondere einer Hure, für die er mich offensichtlich hielt, abwandte.

Am Abend dieses Tages kam der Gutaussehende mit Schnauzbart zu unserer Mieterin. Sie ließ ihn nicht rein.

Nach der Verhandlung beim Schiedsmann, so hoffen beide Frauen mit Sicherheit, wird der ungestörte Betrieb wieder unvermindert aufgenommen werden können.
Mit Sicherheit hätte ich eine Geldstrafe für eine humanitäre Vereinigung oder an den Weißen Ring zu leisten und zusätzlich die Kosten des Schiedsverfahrens zu tragen. Das würde mich meine bisherige Beobachtungsstrategie aufgeben lassen, mögen sie gehofft haben. Aber genau so wenig, wie sie von ihrem beleidigenden Verhalten gegenüber allen hier im Hause verkehrenden Frauen zu überzeugen sind, ebenso unmöglich ist es, mich klein zu kriegen. Sie haben sich, wie schon gesagt, das falsche Haus und die falschen Vermieter ausgesucht!
Da wir durch das Schreiben des Schiedsmanns die Anschrift der Uta Hase erhalten haben, wird ihr hier Hausverbot wegen Störung des Hausfriedens erteilt werden.
Am Tage vor der Verhandlung beim Schiedsmann war ich ungewöhnlich lange im oberen Zimmer. Bereits gegen 14:00 Uhr, wo ich sonst meist noch die zum Garten gelegene Küche aufräume, saß ich an diesem Tag am

Fenster. So konnte ich beobachten, wie ein älterer Mercedes gegenüber unserer Einfahrt hielt. Ein Mann stieg aus dem Auto und kam zielstrebig auf das Tor zugelaufen. Kurz davor bedeutete er noch jemandem, dass er mal eben bei uns rein wolle, indem er mit dem Daumen in unsere Einfahrt wies. Als er gerade das Tor öffnen wollte, klopfte ich an die Fensterscheibe und machte eine abwehrende Handbewegung.
Er war irritiert und ging vorbei.
Ich wusste, dass er wiederkommen würde.
Da er langsam wegschlenderte, lief ich nach unten, weil ich glaubte, er stünde hinter der Efeupergola. Ich würde auf das Schild `Privatgrundstück´ hinweisen und ihn fragen, was er bei uns wolle. Jedoch war er nicht mehr zu sehen. So ging ich in einen Raum eine halbe Etage höher, der einen anderen Ausblick ermöglicht und ein kleineres, leichter zu öffnendes Fenster zur Einfahrt hat.
Durch das Fenster würde ich ihn ansprechen und auf das Schild vor dem Tor hinweisen. Er würde weitergehen in die Wohnung von Frau Peters. Ich würde mich erneut ärgern, aber ich hätte etwas unternommen!
Auch Klaus, der seine Mittagspause beendet hatte, sah den Interessenten im Vorbeifahren und wollte zunächst umkehren.

Er tat es nicht und das war gut.
Als ich am geöffneten Fenster stand, kam eine Fußstreife lang. Der Polizist war schon fast vorbei, aber man konnte ahnen, dass dies Dieter Kreis war. So rief ich: „Herr Kreis!" Er wandte sich um. „Einen Augenblick, bitte."
Er wartete außerhalb des Tores, während ich die Treppe herunterlief. „Sie sind wohl der Einzige, der dieses Tor beachtet. Nicht so die vielen männlichen Besucher unserer Mieterin. Gerade habe ich einen vertrieben. Ach, da kommt er ja wieder." Der Freier in dem beigen Sakko passierte uns. Er blieb vor den Fenstern des Versicherungsbüros in unserem Hause stehen und schien etwas aufschreiben zu wollen.
Ich sprach ihn an und wies auf das Schild. Hier sei ein Privatgrundstück, das Betreten verboten! Er wolle gar nicht zu uns herein, sondern zur Versicherung. Wann die denn öffne, „um 14:00 Uhr," fragte er.
„Da sind Betriebsferien!"
Er ging und versuchte zumindest an diesem Tage nicht mehr, unsere Mieterin aufzusuchen.
Mit dem Polizisten unterhielt ich mich ausführlich über die Situation. Er wehrte ab und schilderte andere Belästigungsschwerpunkte. „Was meinen sie, was erst in der Oldenburger

Straße los ist. Da sind auch die Privatgärten hinter. Die haben sich auch nicht träumen lassen, was da einmal hinkommen würde. Da ist es für uns schon schwierig, in die Häuser zu gelangen." „Herr Kreis, ich glaube, hier ist eine etwas andere Situation. Hier geht es darum, dass ich mich seit genau zweieinhalb Monaten als Nutte ansehen lassen muss." Ich berichtete ihm von den geilen Blicken am 10. Oktober, zeigte ihm die Überwachungskamera und die weiteren zur Abschreckung installierten technischen Dinge. Ich wies auf meinen Schaukasten hin, in dem neben einem Plakat der Jugendkunstschule auch eines des Gesundheitsamtes hängt mit der Aufschrift: „AIDS kommt nicht vom Schmusen. Gebt der Liebe eine Chance. Verwendet Kondome!" „Was kann man noch machen," fragte ich. „Oft sitze ich bis zu fünfzehn Stunden lang auf meinem Ausguck beim Fenster. Morgen muss ich mit ihr zum Schiedsmann, weil die Dame sich beleidigt fühlt."

Unser Gespräch wurde beobachtet. Von den Männer der Begegnungsstätte aber auch von Britta Peters!

Sie saß empfangsbereit und ich verdarb ihr wieder einmal ein Geschäft. Ich erzählte Dieter Kreis, dass ich bei Männern, außer meinem eigenen, wenig Empörung über die

Situation bemerkt hätte. Vielleicht müsse man die Angelegenheit so betrachten, als ob ein Mann neben jemandem wohnen würde, der sich als Strichjunge entpuppte. Wir unter hielten uns noch über die gemeinsame Jugend im Norden unserer Stadt.

Gerade habe ich wieder stürmisch ans Fenster geklopft, als ein Gaffer ausschließlich auf die Tür unserer Mieterin peilte. Ich schimpfte, er auch!

Der Gesichtsausdruck mancher Männer ist eindeutig. Ihm und dem Pizzalieferanten sieht man auf den ersten Blick an, was sie empfinden.

Einige andere haben sich besser unter Kontrolle. Der größere Teil geht mittlerweile teilnahmslos vorbei. Manche benutzen die andere Straßenseite.

Heute morgen war die Verhandlung beim Schiedsmann. Ich traf Punkt zehn Uhr bei ihm ein. Britta und Uta waren bereits dort. Britta rauchte, sie wirkte nervös, ihre Hände zitterten. Ich stellte mich dem Schiedsmann vor. Beim Betreten des Raumes, in dem die Beiden warteten, grüßte ich nicht. Ich hatte meinen Personalausweis vorzulegen und er notierte die Nummer.

Dann begann er die Verhandlung, nachdem er den Wortlaut der gegen mich gerichteten

Beschuldigung verlas. Er sagte: „Sie werfen Frau Peters die Ausübung der Prostitution vor. Das ist eine harte Anschuldigung."
Ich stimmte ihm zu. Natürlich hatte ich genau diese Worte von ihm erwartet! „Den Vorwurf der Prostitution habe ich nie erhoben. Ich schildere Begebenheiten, die sich vor meiner Haustür zutragen. Inzwischen hat es jedoch eine Vertragsauflösung gegeben." Ich überreichte die Kopie der Vereinbarung. Er las kurz, nahm sie jedoch nicht zu seinen Akten. Ebenso gab ich ihm eine Kopie des Schreibens des Vorvermieters, in dem ich die wichtigen Stellen markiert hatte. Dies waren die Worte „zur weiteren Verwendung," dann der Passus, in dem er die Vermutungen der anderen Mietparteien wegen des lukrativen Nebenerwerbs der Frau Peters erwähnte und das aussagekräftige Wort „zunächst" in dem letzten Satz, in dem er schrieb, er hoffe, uns zunächst gedient zu haben. Es war ein Hinweis, dass er für eine Zeugenaussage bereit sein würde. Der Schiedsmann gab mir das Schreiben mit dem Kommentar zurück: „Das war vorher, das interessiert nicht." Ich wiederholte, dass ich mit aller Entschiedenheit noch einmal betone, den Vorwurf der Prostitution nicht öffentlich ausgesprochen zu haben. „Hier steht es ja schwarz auf weiß in

dem Schreiben vom 13. 9.", sagte Frau Peters. „Wenn das der einzige Beleg für die Behauptung sein soll, so ist dazu zu sagen, dass Herr Niemann der Anwalt meines Mannes ist. Mein Mann ist Hauseigentümer. Es kann ja wohl schlecht eine Aussage seines Anwalts meine vermeintliche Zuwiderhandlung belegen. Dazu braucht es schon Zeugen, glaubhafte Zeugen und nicht Frau Hase und so."
„Ja, Zeugen," griff der Schiedsmann, wie mir schien, erleichtert auf.
„Benennen sie Zeugen," richtete er sich an Frau Peters. „Ja, der Mann von der Trinkhalle gegenüber. Der guckt immer so komisch. Da brauchte man ja nur mal zu schauen, wie der heißt."
Natürlich habe ich mit dem Mann von der schräg gegenüber liegenden Trinkhalle in der ersten Zeit nach dem Einzug der Britta Peters über meine Beobachtungen geredet. Er hatte übrigens auch diesen romanischen Blick bei dem Thema. Aber er wird sicher nicht gegen mich aussagen, weil ich nach dem Tag der Unterzeichnung der Vereinbarung auf gar keinen Fall in aller Deutlichkeit über das uns belastende Mietverhältnis gesprochen habe. Außerdem hat er einen Pkw-Stellplatz bei uns angemietet. Ich sagte, ich bäte um Zeugen, die mir ins Gesicht sagen würden, dass ich jemals

von Prostitution gesprochen habe. „Ich schildere ausschließlich Beobachtungen. Schlüsse daraus zu ziehen, überlasse ich meinen Zuhörern. Wenn es gewünscht wird, werde ich auch hier Beobachtungen weitergeben."
Es war erwünscht.
„Dann beginne ich gleich bei den Vorfällen vom gestrigen Tag." Ich berichtet in sehr gestraffter Form von dem Interessenten. „Das waren meine Freunde," kam der Einwand von Britta Peters. „Ich spreche nicht von gestern Abend, sondern von 14:00 Uhr," erwiderte ich. „Das war mein Mann!" „Ihren Mann kenne ich." „Das war mein Mann, er wollte das Familienbuch abholen," sagte sie. „Mit wie vielen waren sie denn verheiratet?" Sie blieb die Antwort schuldig. Dafür sagte sie, dass ich meine Beobachtungen mache, nachdem ich drei Flaschen Cognac getrunken habe. Sie wirkte sehr gereizt.
Ich erwiderte, es sei unerträglich, was man sich hier alles sagen lassen müsse und bat den Schiedsmann, sich diese Aussage zu merken.
Sie sei Beginn einer seiner weiteren Tätigkeiten. Er beschwichtigte: „Alles, was hier gesagt wird, bleibt in diesem Raum. Hier kann man alles sagen." Zuvor hatte ich versucht, Uta Hase aus dem Zimmer zu bekommen. Ich

wies darauf hin, dass, wenn sie in gleicher Weise gegen mich vorgehen wolle, sie ebenfalls das Geld für ein eigenes Schiedsverfahren zahlen solle, um nicht verschiedene Dinge zu vermischen. Der Schiedsmann widersprach. Die beiden Verfahren seien zusammengelegt worden, da sie in Zusammenhang stünden.

Ich betonte noch einmal, dass mein Mann die Vorladung zum heutigen Termin hätte erhalten müssen, wenn das Schreiben seines Anwalts als Beweis herangezogen würde. „Hier, auf diesem Stuhl, sitzt die falsche Person," stellte ich fest. „Übrigens sei es zunächst um eine ganz normale Vertragsauflösung gegangen, für die wir fünfhundert Euro zahlen wollten. In dem Telefonat des Anwalts meines Mannes mit Frau Peters wünschte diese, den Punkt aufzunehmen, der uns verbot, in ihrem Zusammenhang von Prostitution zu sprechen. Sie glaubt, auf dem Marktplatz komisch angeschaut zu werden und vermutet, dass wir Gerüchte verbreiten. Da die erste Vereinbarung nicht zustande gekommen sei, weil sie zunächst ihren Anwalt aufsuchen wollte und am Donnerstag der darauffolgenden Woche den Zettel mit der Achthundert-Euro-Forderung für Umzugskosten in den Postkasten warf, wir auf diese Forderung jedoch nicht eingehen wollten, schlug der Anwalt meines Mannes

schärfere Töne an. Er schrieb unumwunden, dass sie nach Aussage seines Mandanten der Prostitution nachgehen würde. Daraufhin habe Frau Peters am Montag, dem 16. 9. die Kanzlei Dr. Wernen angerufen und Herrn Niemann wegen dieser Behauptung zur Rede stellen wollen. Nach diesem Telefonat verständigte er mich und sagte, ich solle schnell zu ihr hinüber gehen, weil sie unter dem Eindruck des mit ihm geführten Gesprächs wahrscheinlich zur Unterschrift bereit sein würde. Sie unterschrieb. Wie man an der Schrift sehen kann, hat sie gezittert."
„Gezittert, etwa vor ihnen?" fragte Frau Peters spitz. Ich ignorierte den Einwand und setzte meine Aussage fort: „Wenn diese Verhandlung zum Ziel haben sollte, dass uns ein Verstoß gegen die Abmachung nachgewiesen werden soll, um die Vertragsauflösung zu kippen, wird dies nicht gelingen."
Der Schiedsmann wandte ein, dass es nicht darum gehe, über die Vertragsauflösung zu sprechen - im Laufe der Verhandlung griff er diesen Aspekt jedoch auf - sondern, dass es um den Vorwurf gehe, ich solle verbreitet haben, Frau Peters ginge der Prostitution nach. Ich wiederholte, dass ich nur von meinen Beobachtungen berichten würde. Sie versuchte noch einmal den Vorstoß mit meinem vermeintlich

überhöhten Alkoholkonsum. Ich konterte: „Und das von einer Trinkerin! Für ihren Alkoholkonsum gibt es konkrete Zeugenaussagen!"
Das saß!
Ich erzählte die Begebenheiten zu Beginn des Mietverhältnisses, berichtete von der Nacht zum 14. August. Die beiden Frauen lachten. Das sei eine Einweihungsfete gewesen und die anderen Männerbesuche hätten im Zusammenhang mit dem Umzug gestanden. „Der Umzug war längst beendet und wie Feten gefeiert werden, weiß ich ziemlich genau," konterte ich. „Dass sie wissen, wie Feten gefeiert werden, das können wir uns denken!"
Beide lachten schäbig. „Das war ja eine komische Feier, bei der zwei Frauen und zwei Männer feiern, während zwei andere Männer draußen warten und nachdem sie sich beobachtet fühlen, mit dem Kommentar weggehen: „Ich habe keinen Bock mehr! Ich gehe."
Zweimal wollte mich der Schiedsmann in die Enge treiben und behauptete: „Einerseits sagen sie, sie haben den Vorwurf der Prostitution nicht weitergegeben, andererseits erklären sie, Frau Peters sei gestern um 14:00 Uhr empfangsbereit gewesen." An seinen anderen Vorwurf kann ich mich nicht mehr erinnern.

Ich widersprach ihm sehr bestimmt und betonte beide Male, dass er ja soeben gesagt habe, was hier in diesem Raum gesprochen würde, habe nicht nach außen zu dringen. Das gleiche Recht, wie es Frau Peters genösse, sollte wohl auch für mich gelten.

Irgendwie schien er nach etwa zwanzig Minuten zu merken, dass diese Verhandlung nicht mit einer Übernahme der Kosten, einer Entschuldigung an meine Mieterin und deren saubere Freundin sowie der Zahlung einer Spende an das Frauenhaus oder den Weißen Ring, den Tierpark oder sonst eine caritative Einrichtung enden würde.

Er schien mit seinem Latein am Ende zu sein und sagte, ja, wenn keine Einigung zustande kommen könne, müssten die Gerichte entscheiden. Damit war ich sofort einverstanden und betonte, dass ich neutrale Zeugenaussagen habe, zusätzlich Fotos von Männern, von denen unsere Mieterin vermutlich im Höchstfall den Vornamen kenne. Ich zählte die Sicherungsanlagen auf, die wir anbringen ließen und erwähnte die Überwachungskamera. Zusätzlich sei ich stundenlang in meinem Arbeitszimmer, so nannte ich unseren oberen Wohnraum, und so etwas wie ein Arbeitszimmer ist er auch zur Zeit, schreibend und stets einen Blick auf Einfahrt und Straße

werfend. Da gab es wieder Protest der beiden Damen. Was ich wohl beobachten würde, fragten sie lachend. Ich sei eine sehr gute Beobachterin, das sei Voraussetzung für meinen Beruf als Journalistin. Ich kenne den Punkt, wo die Kontakte geknüpft würden, der sich inzwischen dort aufgelöst habe. Ich kenne die Kontakte, die Mitte August eingesetzt hätten, nachdem keine deutschen Besucher mehr erschienen seien.
Uta Hase konterte: „Neben ihnen ist eine Teestube!" und wollte glaubhaft machen, dass das Interesse an unserem Haus, besonders an einer gewissen Tür, äußerst normal sei. Ich erwiderte: „Genau das meine ich!"
Ich riet Frau Peters, sich um die Wohnung zu kümmern, deren Anschrift wir ihr am Tage zuvor in den Postkasten geworfen hatten und überreichte ihr noch einmal den gleichen Zettel. Die Wohnung war billiger, die Lage war für ihre Zwecke gut, auch in der Nähe eines anderen Begegnungszentrums, nicht weit von der Wohnung ihrer Freundin entfernt, etwas weiter zur Parkbank am Kiosk. Sie liegt in einem sogenannten Schlichthaus einer gemeinnützigen Wohnungsbaugesellschaft, wo ihr Treiben vielleicht nicht so auffällt. Hier wurde ein Nachmieter gesucht. Die Wohnung war in vierzehn Tagen frei. Einziger Punkt

war, dass die jetzigen Mieter für den Einbau einer Gasheizung eintausend Euro forderten. Wegen dieses Punktes habe ich heute morgen mit dem Mitarbeiter des Sozialamtes gesprochen und ihn nach Lösungsmöglichkeiten gefragt.
Als ich ihr die Anschrift gab, fragte sie: „Und die tausend Euro?" Als ich erwähnte, deshalb mit dem Sozialamt gesprochen zu haben, erwiderte sie schrill: „Da ruft sie auch drei Mal am Tag an." Ich überhörte den Einwand. Bisher waren es insgesamt zwei Telefonate und ein Besuch dort!
Ich sagte, sie solle sich mit ihrer Dickköpfigkeit nicht noch weitere Schwierigkeiten bereiten. Es klang weich und war als guter Rat gemeint.
Dem Schiedsmann schien ihre Abhängigkeit vom Sozialamt bisher nicht bekannt zu sein und er sagte an dieser Stelle, dass mit dieser Verhandlung ein Aushebeln des Auflösungsvertrages nicht möglich sei.
Langsam durchblickte er die Hintergründe.
Ich betonte, dass mir sehr wohl auch die Rolle der Uta Hase bekannt sei. Dieser Hinweis nur, weil sie an dieser Verhandlung beteiligt sei.
„Ich bin hier wohl die Puffmutter? Oder was?" fragte sie spitz und schaute erregt von einem zum andern.

„Das haben sie gesagt!" erwiderte ich scharf. „Zumindest sind sie die Beraterin der Frau Peters!" Sie wiederholte erregt ihre Frage: „Bin ich die Puffmutter? Beraterin! Beraterin!"
„Puffmutter, das haben sie gesagt," betonte ich zum zweiten Mal.
Der Schiedsmann glättete und erwiderte: „Sie sind die Beraterin von Frau Peters. Sie sind auch in der Funktion jetzt hier anwesend."
Danach wendete er sich an mich: „Frau Gerdes, sie haben ja eben mehrfach dargestellt, dass sie den Vorwurf der Prostitution nicht weiter getragen haben. Übrigens sagen sie, dass auf diesem Stuhl die falsche Person säße. Dem kann ich mich nur anschließen!"
Er hatte schnell gelernt.
„Ist die Verhandlung beendet? Kann ich gehen?" Ich verabschiedete mich von dem Schiedsmann, richtete Grüße auch von meiner Tochter an seine Frau aus, deren Grundschullehrerin sie war.
Beim Verlassen des Hauses merkte ich, dass mir keiner der dunklen Gestalten aus dem Umfeld Peters/Hase auflauerte und ich die Gaspistole völlig unnötig in der Lederjackentasche trug.
Später stellte ich fest, dass Klaus das Magazin entfernt hatte. Die Waffe wäre im Notfall eine schöne Hilfe gewesen! Besser hätte ich das

Gasspay eingesteckt. Das Magazin lag hinter einem dicken Buch. Es klapperte, als ich die Waffe zurücklegte. Britta Peters verließ im Laufe des Nachmittags ihre Wohnung und kehrte erst spät zurück.
Welche Vergeltungsschläge werden geplant oder sind die Damen eingeschüchtert, fragten wir uns.
Zumindest gestern schien ich sie durch das Vertreiben des Vierzehnuhrfreiers und meine Unterhaltung mit dem Polizeibeamten beeindruckt zu haben.
Gestern Nachmittag erschien Uta Hase auf der Bildfläche. Sie sah sehr angespannt aus. Ihr seit des Eintreffens der Vorladung zum Schiedsmann aufgesetztes Grinsen in Richtung meines Fensters fehlte.
Kurz darauf schellte es bei mir. Da niemand durch das Tor gekommen war, konnten es nur die beiden Frauen sein. Ich rief durch das geöffnete Kippfenster, sie mögen mir eine Mitteilung in den Postkasten werfen. Sie hörten es nicht und schellten zum zweiten Mal, kamen unter dem Vordach hervor, während ich am Fenster stand. Uta Hase rief hoch, dass wieder kein Wasser auf der Heizung wäre.
„Mein Mann macht das heute Abend!"
Sie gingen. Als Klaus Wasser auf die Heizung füllte, saß Frau Peters vorne im Wohnzimmer,

während er wortlos hantierte. Sie bedankte sich nach der Verrichtung. Er wünschte ihr einen guten Abend.
Beim Schiedsmann fand dieser Vorgang auch Erwähnung. Sie wollte gerade sagen, wie nett mein Mann sei, als ich erwiderte: „Der spricht kaum mit ihnen," fragte sie: „Und was war gestern Abend?" „Ach, bringen sie es jetzt nicht noch auf die Schiene!" warf ich verächtlich ein. Zwei für die Damen leider erfolglose Versuche, Klaus zu umgarnen, gab es bisher.
In solchen Momenten bin ich geneigt zu fragen: „Haben sie eigentlich keinen Spiegel?" Beide stellen optisch keine Gefährdung für eine ganz normale Ehe dar.
Da beide Frauen für die Mitteilung des Defektes an der Heizung erschienen, ist zu vermuten, dass ein Gespräch mit mir geführt werden sollte, das wieder auf die Frage hinaus gelaufen wäre: „Frau Gerdes, wie kommen sie darauf, dass ich dem Gewerbe nachgehe?" Man wäre zu zweit gewesen und hätte es gegenseitig bezeugen können.

Wie ich erst am Abend nach der Schiedsmannsverhandlung erfuhr, hatte man sich große Mühe gegeben, eine Situation zu konstruieren, die mich aufs Glatteis führen sollte. Am Abend vor der Verhandlung kamen Gäste zu Britta Peters, Uta mit Freund und drei

Bekannte, die schon mehrmals hier waren. Der Blonde mit der hohen Stirnglatze, eine dunkelblonde Frau und ein ungepflegter, dunkelhaariger Mann mit Schnauzbart. Der ging gleich nach dem Eintreffen zum Kiosk schräg gegenüber, kaufte Bier und sprach mit dem Kioskinhaber. Der Ungepflegte sagte, er sei der Mann von unserer Mieterin. Sie würden wieder zusammenziehen nach Beckum. Beim Sprechen habe er die ganze Ablage des Kiosks mit Speichel bespritzt, schilderte der Inhaber. Er habe sich über das Gespräch gewundert, das ihm der offensichtlich obdachlos Wirkende aufzwang.
Uta und ihr Freund gingen nach kurzem Aufenthalt fort.
Es wurden erneut Getränke geholt. Dieses Mal ging der Glatzköpfige.
Im Verlauf des Abends wurde laut gesprochen.
Ich hörte, wie einer der Männer auf eine leise gestellte Frage antwortete: „Ich muss morgen früh arbeiten. Sie sagt doch, ich kann sie nicht zufriedenstellen."
Man sprach über Dinge, die man nur noch bis Donnerstag besorgen könne. Ein Firmenname aus Beckum wurde genannt.
Morgens um fünf Uhr holte Britta Peters Bruder den Pennertypen bei unserer Mieterin

ab. Das allerdings erzählte Klaus mir erst mittags. Ich habe das Wegfahren der beiden Männer verschlafen und das war gut.
Beim Schiedsmann habe ich ausschließlich über meine Beobachtungen von 14:00 Uhr gesprochen.
Den abendlichen Besuch erwähnte ich nicht, da sie ja uneingeschränkt Besuch empfangen kann. Es darf lustig bis lauter zugehen.
Eine der Frauen kicherte unentwegt wie nach dem Rauchen von Haschisch.
Uta und Britta hatten an diesem Abend dem Kioskinhaber und den Nachbarn vorgeführt, dass drei Männer hier zu Besuch waren: ihr Noch-Mann, ihr Bruder und der Glatzköpfige, alles harmlose Beziehungen. Da kann man doch mal sehen, wie schnell man durch eine eifersüchtige Vermieterin ins Gerede kommen kann. Verleumdung und üble Nachrede ist das, hätten sie mit der größten Überzeugung behauptet.
Obwohl gut konstruiert, fand der Übernachtungsgast bei der Verhandlung keine Erwähnung, weil ich das gesellige Beisammensein des Vorabends nicht als Beobachtung anführte.

Nach der Verhandlung beim Schiedsmann kehrte Britta Peters spät in der Nacht heim. Das Licht flammte auf. Sie fand schwerlich

das Schlüsselloch der Eingangstür. Mehrfach fiel das Bund auf die Steinplatten.
Sie muss unmittelbar danach eingeschlafen sein.
Man hörte keinerlei Geräusche aus der Wohnung. Bis zum Nachmittag des Folgetages war nichts von ihr zu sehen und zu hören. Ihr muss es sehr schlecht gegangen sein. Uta kam später, machte eine kurze Besorgung und verließ die Wohnung.
Am Nachmittag und den ganzen Abend lang war alles ruhig. Einmal brannte kurz das Licht in ihrem Bad.
Um 2:30 Uhr ging der Außenscheinwerfer an. Ob jemand kam, kann nicht gesagt werden.
Am Vormittag rief ich die Angestellte des Vorvermieters an. Sie war sehr freundlich. Ich bedankte mich für die Zusendung ihres Schreibens, das ich in der Deutlichkeit nicht erwartet hatte, erzählte in groben Zügen den Verlauf der Verhandlung beim Schiedsmann, erwähnte, dass er das Schreiben zur Seite gelegt habe mit den Worten: „Das war vorher, darum geht es nicht!" Ich teilte meine Vermutung mit, dass der Brief sehr wohl seine Wirkung gehabt haben wird, erzählte ihr, dass ich gehört habe, dass Frau Peters wieder mit ihrem Mann zusammenziehen wolle, der offensichtlich eine Anstellung in der Beckumer

Firma habe, deren Namen im Gespräch der vier Leute gefallen war. Da ihr Chef ja noch erhebliche Mietrückstände von der Peters beanspruche sowie Reparaturen im Badezimmerbereich von ihr zu übernehmen seien, würde mein Mann, der beruflich mit der Beckumer Firma seit langer Zeit in Verbindung stehe, sich dort nach dem Beschäftigten Peters erkundigen.

Die Angestellte des Vorvermieters sagte, dass der Mann bisher als Gerüstbauer beschäftigt gewesen sei bei einer unbekannten Firma, so die Mitteilung einer Auskunftei.

Kurze Zeit später konnte ich ihr mitteilen, Klaus habe in Erfahrung gebracht, dass zwei Männer mit dem gleichen Namen bei der Beckumer Firma beschäftigt sind. Den entsprechenden Vornamen konnte sie der Auskunft entnehmen. Schon aus Prinzip würde ihr Chef die Sache weiter verfolgen, zumal sie sich von dieser Frau derartig hintergangen und getäuscht fühlten.

„Sie hätte die Wohnung gar nicht bekommen, wenn sie nicht angegeben hätte, dass sie mit einem Peter König zusammenziehen wolle. Uns hat sie angegeben, sie sei Raumpflegerin. Die Kreditreform konnte über sie nichts mitteilen. Kein Wunder, wenn sie ihre Namen häufiger wechselt.

Merkwürdig war es schon, denn der Peter König lebte noch mit seiner Frau zusammen. Kurze Zeit nach Vertragsabschluss teilte mir Frau Peters mit, dass Herr König nicht mit einziehen würde. Sie hätten sich getrennt. Merkwürdigerweise wohnen die Königs auch in ihrer Straße, Nr. 87," sagte sie. „Ah, ja, ich glaube, ich weiß, wo das ist."
„Heute stand über die Mittagszeit ein roter Mercedes mit abgebrochenem Stern schräg gegenüber unseres Hauses," erzählte ich ihr. „Über eine Stunde lang wartete jemand im Auto. Das Seitenfenster war zur Hälfte geöffnet, die Sonne schien. Er sah unentwegt in meine Richtung zum Fenster und ich beobachtete ihn. Mein Mann stand hinter mir und wir betrachteten auffällig Unterlagen, bis Klaus zum Dienst musste. Kurz vor 14:00 Uhr kam Britta Peters in ihre Wohnung zurück. Der Wartende folgte ihr nicht, beobachtete mich weiter, ging um 14:30 für zwei Minuten in das Haushaltswarengeschäft gegenüber, als es nach der Mittagspause wieder öffnete. Dann fuhr er fort. Beim Wenden würgte er den Motor ab.
Er trug eine weiße Arbeitshose und einen braunen Pullover. Da Baumärkte in der Nähe ein ganz ähnliches Angebot vorhalten, hätte er nicht über eine Stunde warten müssen.

Vielleicht hat er etwas umgetauscht, vielleicht hat er aber auch die Sonderangebote unserer Mieterin wahrnehmen wollen. Vielleicht hat es sich noch nicht herumgesprochen, dass seit kurzem 14:00 Uhr kein guter Termin mehr ist. Zu diesem Zeitpunkt räume ich keine Spülmaschine mehr ein, sondern sitze bereits hier oben.

Als Britta Peters das Tor öffnete, schaute sie deutlich zu mir herauf, um sich zu vergewissern, ob die Luft rein ist. Sie beobachtet sonst meist aus den Augenwinkeln ihrer nur zum Schlitz geöffneten, mit dickem, grauen Lidstrich betonten Augen. Ihr Gesicht ist aufgeschwemmt.

Uta und ihr Freund kamen zwei Mal. Der "Pizzalieferant" fuhr mit dem Fahrrad vorbei und schaute auffällig auf Brittas Tür, danach ging er zu Fuß einmal auf dem Bürgersteig entlang, wieder die Tür im Blick. Vielleicht versucht er es nachts noch einmal, wenn Uta und ihr Freund gegangen sind.

Der "Pizzalieferant" sieht immer noch sehr lüstern aus. Das spricht für Britta!

Andere schauen unauffälliger, manche blicken kurz auf das Plakat der AIDS-Beratung in meinem Schaukasten. Viele gehen zügig vorbei, als hätten sie keine Kenntnis von den hier gebotenen Vergnügungen.

Da in letzter Zeit häufiger Interessenten mit Autos hier vorfahren, ist es scheinbar so, dass die Peters Besucher aus weiteren Entfernungen anlockt. Ob das mit den ihr versprochenen zweihundert Euro wöchentlich zu tun hat? Ob das Angebot dem Bereitstellen ihrer Dienstleistungen für Besucher des Nachbarhauses galt?
Diese Befürchtung hatte ich sofort, als ich von der Vereinbarung mit einem Mann an dem Wochenende hörte, an dem die Musikanlage Ende September verkauft wurde.
Die Aushandlung des Geldes bezog sich nicht auf die Stereoanlage. Wer verkauft schon eine gebrauchte Anlage auf Raten, besonders, wenn er permanent pleite ist?
Ihre zusätzlichen Einnahmen sind in diesem Monat gering ausgefallen, weil sie ihre Gewohnheiten änderte und wiederholt keine Besucher in die Wohnung ließ.
Letzten Sonnabend kam ein deutscher Gast. Er klopfte wiederholt an die Tür. Sie öffnete nicht, weil sie keine Lust hatte oder wusste, dass Klaus mich am oberen Fenster vertrat. Der Besucher bettelte: „Britta, mach doch auf! Ich habe mich so auf diesen Abend gefreut! Mach bitte auf! Britta! Britta!" Es war ihr Mann. Er wartet lange, bis Uta Hase und Freund ihn mit dem Auto abholten. Er ging

ohne Aufsehen. Am Abend vorher betrat ein großer, dunkel-haariger Mann mit Bart die Einfahrt. Er trug eine Reisetasche. Als die Scheinwerfer ausgelöst wurden, stutzte er für einige Augenblicke, ging dann zur Tür der Peters. Ich glaubte, dass er über Nacht bleiben würde wegen der Tasche. Kurze Zeit später verließ er jedoch das Haus.
Seitdem hat Britta Peters ein elektronisches Dartspiel. Das war es also, was noch bis Donnerstag bestellt werden konnte und wo einer der Besucher am Abend vor dem Schiedsmannstermin fragte: „Ich denk, du hast kein Geld?"
Täglich wird seither stundenlang gespielt. Die Elektronik dudelt oder brummt bei Treffern und Fehlwürfen. Uta Hase, Britta Peters und ihr Bruder spielen unentwegt. Wenn der Bruder in ihrer Wohnung ist, kommen keine Freier!
Ob er etwas von dem Doppelleben seiner Schwester und seiner Freundin weiß, ist nicht bekannt. Schlaksig, gutmütig dümmlich öffnet er das Tor - schaut nie zum oberen Fenster herauf und weiß dennoch, dass ich hier sitze.
Vielleicht will er gar nicht wissen, was seine ehemals langjährige Verlobte in der Zwischenzeit getrieben hat, als sie mit dem schwarzhaarigen Kerl zusammen war.

Er und Uta sind im Augenblick unzertrennlich. Sie hat sich erheblich verbessert, denn er besitzt ein Auto und offensichtlich auch einen Führerschein. Vermutlich trinkt er weniger als sein Vorgänger, der sich schon morgens „die Kanne gibt", wie Uta Hase mir in der Einzugsphase erzählte.

Führte die vermeintliche Unwissenheit ihres neuen Freundes über die Nebentätigkeiten der Frauen dazu, sich in das Verfahren beim Schiedsmann mit einzuklinken. Beide wollten sich eine reine Weste verschaffen und hofften, ich würde gezwungen werden, mich bei ihnen zu entschuldigen.

Auch der Brief des Anwalts der Peters, den ich heute erhielt, kann diesen Hintergrund haben.

Sehr geehrte Frau Gerdes,
gemäß der anliegenden Vollmacht zeigen wir an, dass wir die Interessen von Frau Britta Peters sowie von Frau Uta Hase vertreten. Wie wir bereits im Fall von Frau Peters ihnen mit Schreiben vom 23. 8. mitteilten, erklären sie offensichtlich dritten Personen gegenüber zu Unrecht, dass sowohl Frau Peters als auch Frau Hase dem „Gewerbe" nachgingen, wobei allen klar ist, was sie mit diesem Begriff meinen, nämlich die gewerbliche Unzucht. Wir fordern sie hiermit auf, diese Erklärung in

Zukunft zu unterlassen und zwar auch in abgeänderter Form. Sollten wir bzw. unsere Mandantschaft Kenntnis davon erhalten, dass sie nach wie vor diese Erklärung aufrechterhalten, müssen sie damit rechnen, dass wir unverzüglich gegen sie ein Gerichtsverfahren mit dem Ziel der Abgabe einer strafbewehrten Unterlassungserklärung einreichen werden.
Des weiteren behalten wir uns auch sämtliche strafrechtlichen Schritte wegen Beleidigung und übler Nachrede vor. Da uns nicht bekannt ist, ob sie in dieser Angelegenheit noch von den Rechtsanwälten Dr. Wernen pp. vertreten werden, haben wir sie direkt angeschrieben.

Hochachtungsvoll

Der Brief verfehlte seine Wirkung, denn ich hatte mit weiterer Gegenwehr gerechnet. Meine Vermutung, dass die Beiden in der vorigen Woche einen Rechtsanwaltstermin wahrgenommen hätten, weil sie beim Verlassen der Einfahrt Schriftstücke in der Hand hielten und nach Wiedereintreffen mutig dreist nach oben schauten, traf also zu. Zu Beginn der Woche rief ich den Schiedsmann an und fragte, ob es eine schriftliche Benachrichtigung für mich geben würde, aus der ersichtlich ist, dass das Verfahren beendet sei.

Nein - er habe den Beiden eine Bestätigung des erfolgten Gesprächs gegeben, aus der hervorging, dass keine Schlichtung beim Sühnetermin erfolgt sei. Er wies sie daraufhin, dass sie mit diesem Schreiben zu einem Anwalt gehen könnten.
Das taten sie offensichtlich!
Der Schiedsmann sagte mir auch, dass in dieser geringfügigen Angelegenheit kein gerichtliches Verfahren eröffnet würde, weil solch ein Fall nicht von öffentlichem Interesse sei.
So ähnlich drückte sich auch Herr Niemann von der Kanzlei Dr. Wernen aus. Er riet mir, den Schriftsatz des Gegenanwalts in den Papierkorb zu werfen. Mein Vorschlag war, ihm mit einem Zweizeiler zu antworten.
Erstens hätte ich ihm gern mitteilen lassen oder selbst geschrieben, dass er mich mit Schreiben dieses Inhalts, mit nicht spezifizierten Beschuldigungen, zukünftig in Ruhe lassen solle und sich künftig an meinen Anwalt wenden möge. Zweitens hätte ich gern ein Grundstücksverbot gegen Frau Hase ausgesprochen.
Herr Niemann riet davon ab. Nicht zu reagieren, sei besser, meinte er. Der Kollege, der bekanntlich viele Sozialhilfeempfänger vertritt, wohl wegen der Nähe seiner Praxis

zum Sozialamt, würde vermutlich eine andere Klientel bevorzugen. Zudem habe er nur die üblichen Floskeln verwendet.
Ein Grundstücksverbot auszusprechen sei wegen möglicher Sachbeschädigungen nicht ratsam. „Die schmeißen ihnen womöglich die Scheiben ein!" „Natürlich habe ich Angst. Das habe ich ihnen noch gar nicht gesagt: Der Mann oder Ex-Mann der Hase ist ein zweifacher Mörder oder Todschläger, das ist ja Auslegungssache. Er hat nicht nur seinen Vater auf dessen Grundstück verbuddelt, sondern auch noch den Torso einer Frau in die Kanalisation geworfen." „Hören sie bloß auf!"
Er versuchte mich zu beschwichtigen und sagte weiter: „Es sind ja nur noch sechs Wochen!" „Mindestens noch acht Wochen!" „Sie hat doch gesagt, sie hätte eine Wohnung und zöge am 15. 12. aus!" „Die hat keine Wohnung. Die Vertragsauflösung gilt zum 31. Dezember und danach kommt die Räumungsklage! Mit Sicherheit! Die zieht hier nicht freiwillig aus! So sehe ich es augenblicklich." „Das ist ja ganz neu." „Aber wird der Wirklichkeit nahe kommen. Ich hoffe allerdings, dass sie mit ihrer Annahme Recht behalten mögen."
Wir reagierten also nicht auf das Schreiben des Gegenanwalts, aber ich verschärfte wieder

einmal die Bedingungen. Seit dem frühen Vormittag sitze ich heute oben und schreibe. Dies wurde notwendig, weil zuvor die Tür der Peters in der Mittagszeit wieder lebhafter betrachtet wurde. Als sie von einer Besorgung beim Lebensmittel-Discounter schräg gegenüber zurückkam, mich oben sah und erkannte, dass Besuche schwierig würden, knallte sie, wie immer, wenn sie wütend ist, die Eingangstür zu.
Ihre Schlafzimmerjalousie hatte sie bereits mittags geschlossen, die in letzter Zeit oft ganze Tage lang geöffnet war. Ich stellte das Radio im Kaminraum an.
Musik- und Wortbeiträge sind deutlich in ihrem Schlafzimmer hörbar und sollen lustvolles Liebesspiel erschweren.
Nach dem Mittagessen zog ich mich um und fegte gründlich die geräumige Einfahrt. Herbstliches Laub, Birkensamen, Papierschnipsel und Schmutz beschäftigen mich geraume Zeit.
Beim Zusammenfegen schmerzte mein Rücken. Vor über vierzehn Tagen zog ich mir starke Prellungen zu, als ich mit Lesebrille auf der Nase und Tellern in den Händen die letzte Treppenstufe verfehlte. Ich wollte im Telefonbuch, das in der unteren Etage liegt, nachsehen, wo die Wohnung in unserer Nähe

sein könnte, die zum 1. 11. frei würde. Anhaltspunkt war eine Backstube, deren Hausnummer ich auf diese Weise ermitteln wollte. Die Wohnung liegt neben der Bäckerei. Aber vorher lag ich im Flur und schlug mir die Rippen an den letzten Treppenstufen. Der Quark auf den Tellern war im Flur verspritzt; die Teller blieben heil.

Beim Fegen der Einfahrt gab ich Acht, dass ich mich nicht zu ungeschickt bewegen oder stöhnen würde, da ich beobachtet wurde.

Britta Peters schaute Fernsehen hinter der durchsichtigen Sprossentür. Ein Vorbeikommender sprach mich an und sagte, die Beseitigung des Herbstlaubs habe keinen Zweck. Es folgten Schilderungen über die Situation auf und um seinen Balkon, wo er täglich fegen müsse. „Man soll es ja liegen lassen bis zum Frühjahr wegen der Tiere!" „Ja, Igel."

Dann kam Manni, der uns zwischenzeitlich drei Gitter angefertigt hatte, wegen des Aufmaßes eines kleinen Fensters. Als er ging, war ihr Fernsehgerät ausgestellt, die Wohnung war, bis auf das Badezimmer, dunkel. Ungewiss war, ob während des Ausmessens jemand reinkam. Das Radio im Kaminraum dudelte immer noch und sorgte für Störungen in ihrem Schlafzimmer.

Langsam wurde es dunkel und die Beleuchtung ging bei Bewegungen an. Das Haushaltswarengeschäft gegenüber schloss. Sie räumten die Auslagen und Schilder vom Bürgersteig.
Ich habe das Gefühl, dass nach dem Schreiben ihres Anwaltes das vorherige Treiben wieder verstärkt aufgenommen wird. Das merke ich an dem wieder auflebenden Interesse auf der Straße.
Die „Vögelscheuche" im Flur habe ich etwas näher an unsere halbdurchsichtige Tür gestellt. Ein Mantel und ein beiger Jeanshut auf dem Kleiderständer lassen die Silhouette einer Person erkennen im nachts durchgängig brennenden Flurlicht.
  Übermorgen ist der erste November. Zum Monatsanfang steckt das Geld lockerer in den Hosentaschen.
Die Überwachungskamera ist immer noch nicht installiert, weder die, die wir leihweise von einer Sicherheitsfirma bekommen sollen, die jedoch noch einem Kunden zur Diebstahlsüberwachung zur Verfügung steht, noch die, die unser Freund installieren will.
Langsam werde ich böse auf beide Kontakte. Ausleihen von einem anderen Sicherheitsdienst würde etwa zweihundert Euro wöchentlich kosten, wie ich gestern auf Anfrage erfuhr.

Vielleicht klappt der Einbau zum Novemberbeginn, sagte unsere alte Freundin. Aber, wie so häufig, ist auch dieses Mal nichts geschehen.
Seit acht Wochen werden wir vertröstet. Erst waren Zusatzteile nicht geliefert worden, dann benötigten sie alle zur Verfügung stehende Zeit, weil ein runder Geburtstag gefeiert wurde. Dafür sollte ein Wintergarten erstellt werden.
Der Geburtstag ist vorbei und die geplanten Arbeiten sind noch lange nicht abgeschlossen.
Im Privathaus und in ihrer Firma gibt es noch unendlich viel zu tun, sodass eher der Auszug der Peters erfolgt, als dass bei unseren Freunden ein Ende der Renovierungsarbeiten abzusehen ist. Mit der Lichtanlage haben sie uns glücklicherweise spontan geholfen.
Noch nicht einmal schimpfen können wir, sonst ist durch die Situation hier im Hause eine fünfunddreißigjährige Freundschaft beendet.
Am Geburtstag fragte mich unser Freund, Klaus blieb zu Hause, um Anwesenheit zu demonstrieren: „Du bist mir doch nicht böse, weil es immer noch nicht geklappt hat? Du siehst ja, was wir hier alles zu tun haben?"
„Doch, ich bin dir böse," erwiderte ich lächelnd. Er merkte nicht, wie ernst mir die Antwort war.

Sein bereitwilliges Angebot, bei uns allen möglichen technischen Schnickschnack zu installieren, hielt uns davon ab, uns bei anderen Firmen rechtzeitig umzuhören.
Nachdem die Kamera vor etwa zwei Monaten geliefert wurde, konnten wir uns kaum noch anderswo hinwenden.
Inzwischen ruft Klaus die Sicherheitsfirma wiederholt an. Zuerst hieß es, dass die Überwachungsanlage seit über drei Monaten an einen guten Kunden ausgeliehen sei. „Ach ja, darum müssen wir uns unbedingt kümmern. Mit ihm war ein kürzerer Zeitraum vereinbart." Dann wiederum hieß es: „Schon seit zwei Jahren haben die das Gerät. In ihrer Firma ist es nicht mehr. Das hat einer der Inhaber mit nach Hause genommen. Morgen werden wir der Sache auf den Grund gehen. Wir haben schon mit verschiedenen Leuten telefoniert. Die sind nie zu erreichen und rufen auch nicht zurück!" Schließlich kam Klaus von der Arbeit und machte die erfreuliche Mitteilung, dass man inzwischen wisse, wo das Gerät zur Überwachungsaufzeichnung verblieben sei. In den nächsten Tagen stünde es uns zur Verfügung. Inzwischen habe ich in meinen Schaukasten ein weiteres Schild gehängt: „Räume, ca. 42 qm, hier, ab 1. 1. zu vermieten." Ich wurde beim Aufhängen beob-

achtet. Die Peters fegte sofort danach vor ihrer Haustür, konnte das Schild jedoch aus der Perspektive nicht lesen. So brachte sie unmittelbar danach den Müllsack weg, der schon seit einigen Tagen unter ihrem Vordach lag. Sie ging am Schaukasten vorbei und stierte hinein.
Beim Betreten ihrer Wohnung knallte sie die Tür.
Nachmittags kam Freundin Uta. Die Beiden gingen für kurze Zeit weg. Uta verließ die Wohnung als erste, schaute, ob ich oben saß, nickte, wie sie glaubte, unmerklich. Das war das Zeichen für Britta Peters, sich auf ein hämisches Lachen vorzubereiten. Als sie in Höhe des Schaukastens war, lachte sie, zum ersten mal überhaupt, höhnisch. Auch bei ihrer Rückkehr gab es die gleiche Szene.
Ich ärgerte mich, obwohl ich es nicht wollte, schöpfte aber aus dem Lachen die Hoffnung, dass sie schon zum Monatsanfang ausziehen würde. Die Häme konnte bedeuten: Guck mal, die Alte glaubt, dass ich hier noch bis zum 31. Dezember wohnen bleibe! Wenn die wüsste! Die Scheibengardinen in der Küche und im Schlafzimmer sind entfernt worden.
Ich will mich nicht zu früh freuen, aber hoffen. In der Wohnung hörte man anschließend dumpfes Rumoren, vielleicht auch Schrauben.

Morgen ist der erste November - Allerheiligen.
Am Tage ihres Auszuges höre ich auf zu rauchen.
Hoffentlich ist das morgen oder übermorgen!
Könnte es sein, dass ich sobald schon wieder ein ganz normales Leben führen werde? Tennis spielen, singen, Rad fahren, den Garten winterfest machen, die elende Überwachung aufgeben, den Ansitz verlassen, die „Vögelscheuche" im Flur abbauen? Hoffentlich!
Sollte das hämische Lachen jedoch bedeutet haben, dass sie überhaupt nicht daran denkt, auszuziehen? Ich bin nicht sicher, ob ich durchhalten kann, würde sich die jetzige Situation noch bis in die ersten Monate des neuen Jahres hinziehen, weil eine Räumungsklage und die Zwangsräumung Zeit brauchen. Finanziell würde das für uns teuer, denn, wie Herr Niemann schon sagte: „Von der bekommen sie keinen Pfennig zurück!"
Für sie bringt mein Dasitzen und Beobachten finanzielle Einbußen. Hätte ich meine Taktik der Abschreckung nicht so konsequent durchgezogen, wären ihr mehrere Freier täglich sicher gewesen. Das hat sie in den ersten beiden Monaten hier unter Beweis gestellt. Nach meinen Feststellungen können es in diesem gesamten Monat kaum mehr gewesen

sein, als sonst an einem Tag. Das muss doch für sie ein Grund zum Wohnungswechsel sein! Vielleicht war der Gang zum Anwalt ein letztes Aufbäumen, um mich für die Zukunft mundtot zu machen.

In ihrer früheren Wohnung hat sie auch drei Monate gewohnt, so wie jetzt bei uns.

Ein vorzeitiger, freiwilliger Auszug würde zu ihrem bisherigen Verhalten, zu ihrer Lebenseinstellung passen. Sie verlässt die Männer, sie verlässt die Wohnungen, die Wohnorte, sie schmeißt raus! Wie ihre ehemalige Nachbarin schon sagte: „Den Georg Schwarzer hat sie rausgeschmissen wegen dem Rudi Neumann und den Rudi hat sie rausgeschmissen wegen dem mit dem Gipsarm."

Am Morgen des Allerheiligentages zog Britta Peters die Jalousien früh auf.

Gegen zehn Uhr besuchte ich meine Nachbarin.

Unser Tor stand offen. Hinter der Pergola hielt sich ein Mann auf. Ich stufte ihn als Besucher der Peters ein. Neben ihm registrierte ich ein mattgrünes Damenfahrrad. Ich schaute den Wartenden musternd an. Geschnittene Haare, gestutzter Bart, leicht pockennarbiges Gesicht, nicht hässlich, schwarze Wetterjacke mit roter Aufschrift „Bayern" auf dem Rücken. Er bemerkte, dass ich ihn auch noch beobachtete,

als ich eine Zeitung für meine Nachbarin am Kiosk kaufte.
Intensiv schien er das Schild: „Das Mitführen von Hunden ist während der Marktzeit nicht gestattet" zu studieren. Danach fuhr er mit dem Rad an der Haustür meiner Nachbarin vorbei.
Der ging es an diesem Morgen besonders schlecht. Während der Nacht hatte sich nach der Einnahme von Schmerzmitteln gegen die Begleiterscheinungen einer starken Osteoporose eine Magen- und Darmverstimmung eingestellt. Ich machte ihr Kamillentee, brachte Zwieback und holte vom Kiosk Cola und Salzstangen. „Durchfall?" fragte der Inhaber. „Ja, ganz schlimm." „Gute Besserung und schöne Grüße an Frau Hilm." „Danke."
Als ich ihr Haus verließ, begegnete ich dem Radfahrer wieder. Er schaute mich freundlich an und grüßte zuvorkommend. Ich erwiderte den Gruß und dachte, schon wieder einer, der uns verwechselt!
Wenigstens war er freundlich.
Als ich Klaus am oberen Fenster sitzen sah, musste ich bei dem Gedanken lachen, dass ich ihm die Begebenheit gleich erzählen würde, die ein Beweis dafür ist, dass ich Besucher der Peters aufgrund ihres Verhaltens, ihres Schauens, Wartens und Umherschleichens

erkennen kann, selbst an einem Feiertagvormittag!

Klaus konnte inzwischen beobachten, dass der Besucher mehrmals bei Britta geschellt hatte. Sie öffnete ihm nicht. „Ich glaube, das ist der, den sie letzten Samstag auch nicht reinließ. Der immer wieder bettelte `Britta, lass mich doch rein. Ich habe mich so auf diesen Abend gefreut.´ Ob das ihr Mann ist? Er ging eben zum Kioks." „Ihr Mann sieht doch ganz anders aus. Ich hole mir mal eben Zigaretten und frage den Inhaber. Der hat ja am Abend vor dem Schiedsmannstermin länger mit ihm gesprochen. Vielleicht wissen wir gleich mehr."

Ich überquerte die Straße. Beim Kiosk fragte ich: „Herr Weiß, mein Mann sagt, hier war gerade ein Kunde. Könnte das der gewesen sein, der ihnen erzählt hat, er sei der Mann der Peters und, dass sie wieder zu ihm nach Beckum ziehen wolle?"

„Der mit der schwarzen Jacke mit roter Schrift? - Ja, das ist er! Zuerst habe ich ihn nicht erkannt. Die schmuddeligen Haare sind ab, der Bart gepflegter! Aber als er näher kam, fiel bei mir der Groschen!" Er glcicht Erwin sehr, der ja, wäre es nach Britta gegangen, sein Nachfolger werden sollte. Ihr Mann wartete, versuchte während der folgenden Stunden wiederholt zu ihr herein zu gelangen. Schließlich schrieb er auf dem Mäuerchen neben der Pergola einen Zettel, schob ihn unter ihrer Tür durch und radelte davon.

Vermutlich lag sie während der ganzen Zeit im Bett, betäubte sich mit Schnaps, um durch das Schellen nicht gestört zu werden.

Am Abend kamen Uta, der Bruder der Peters, die kastanienrothaarige Frau, die schon mehrfach da war, mit einem blonden Jugendlichen, der ihr Sohn zu sein schien.

Sie sahen, dass bei der Peters kein Licht brannte und gingen wieder.

Kurze Zeit später befuhr ein roter Kleinlastwagen unsere feiertagsstille Straße und parkte seitlich von uns. Klaus sagte: „Ein LKW an Allerheiligen?"

Meine aufkeimende Hoffnung, dass die vier Leute und zuvor ihr Mann zum Packen der Möbel gekommen waren und der Transporter den Umzug bewältigen würde, wurde zunichte gemacht durch die Abfahrt nach langem Warten. Britta Peters war an diesem Tag nicht zu erreichen, weil sie sich, wie sich später herausstellte, nicht in ihrer Wohnung aufhielt. Sie kam mit einem Taxi in Begleitung eines Mannes um die Vierzig. Er war groß, schlank, blond und hatte einen Schnäuzer. Beide waren angetrunken.

Das könnte Rudi Neumann sein, vermutete ich. Seinen Bruder habe ich einmal vor langer Zeit gesehen. Vom Typ her könnte es passen.
Rudi Neumann, der nach Aussagen der früheren Nachbarin der Peters einiges auf dem Kerbholz hatte, arbeitete im Sommer in Italien an einer Baustelle. Ich erschrak bei dem Gedanken, dass jetzt wieder die deutschen Kriminellen hier verkehren würden. Er holte vier Flachen Bier beim Kiosk und Mineralwasser. Sie telefonierte.
Das Küchenfenster stand in Kippstellung, wie meist, um den übermäßigen Tabakgestank zu entlüften. Sie sprach laut, wie immer, wenn sie betrunken war.
Klaus holte Getränke aus unserem Wintergarten, der unmittelbar neben ihrem Küchenfenster liegt.
Er lauschte.
Das Telefonat ging um den Zettel, den ihr ihr Mann unter der Tür durchgeschoben hatte. Der Lauscher konnte vernehmen, dass sie sagte: „Mein Mann ist das allergrößte Arschloch." Sie wiederholte die Aussage ein weiteres Mal. „Wir sind Säue und die schlimmsten Huren, ja, ja! Wir dürfen das nicht tun, was andere dürfen! Er will das halbe Wohnzimmer und die halbe Küche. Die wertvollsten Einrichtungsgegenstände! Der kann alles haben!"

Die wertvollsten Einrichtungsgegenstände hatte sie schon vor einiger Zeit verkauft: Die leistungsstarke Musikanlage, den ein Jahr alten, nach ihren Angaben achthundertfünfzig Euro teuren Wäschetrockner. „Das ist das neueste Modell." Sicher waren die Raten darauf noch nicht bezahlt. Wenn der Mann die Hälfte der Möbel abholen sollte, werden für uns die Kosten der Zwangsräumung und der Lagerung der Restmöbel billiger!

Weiterhin ging es in dem von Klaus belauschten Gespräch um eine Beckumer Telefon-Nummer, die ihr ihr Mann aufgeschrieben hatte und die sie anrufen sollte. Dass es sich bei ihrem Gesprächsteilnehmer um keinen alten Bekannten handelte, war offenkundig. Es schien ein neuer Vermietet zu sein, dem die Aktivitäten der Peters zugetragen worden waren. Wer auch immer der Angerufene am Abend des Allerheiligentages war, Pluspunkte konnte sie mit der Aussage: „Mein Mann ist das allergrößte Arschloch!" und mit ihrer aggressiven Angetrunkenheit nicht sammeln.

Beim zweiten, sehr langen Telefonat, das sofort danach erfolgte, stand ich ebenfalls auf dem Lauschposten. Offensichtlich sprach Rudi Neumann mit Uta Hase.

Wir hörten Wortfetzen. „Ich wusste ja gar nicht, dass sie so an mir hängt. Das zu sagen,

wo die andere Perle dabei war. - Anna. - Italien! Ich bin wieder als Vorarbeiter beschäftigt. - Bis Sonntag. - In drei Wochen komme ich wieder. - Können wir nicht morgen eine Tasse Kaffee zusammen trinken. - Wenn's nichts wird, ich bin bis Sonntag da. - Bei meiner Tochter. - Komm doch schnell hier her. - Der Hund! Gib dem einen Knochen, dann legt er sich in die Ecke. - Wie lange bist du mit ihrem Bruder zusammen? - Vier Wochen! - Was ist das denn für einer, ihr Bruder. - Wie heißt der? - Peter? Ist der schon weg? - Komm doch vorbei. - Gib dem Hund einen Knochen."
„Dann können wir einen flotten Dreier machen!" rief Britta Peters undeutlich.
Seine Stimme wurde sanft, als er zu Uta sagte: „Wir haben doch auch gute Zeiten miteinander gehabt. Denk doch mal an den Anfang. - Musik laut, wenn die Alte da war. - Musik leise, wenn sie weg war. - Ja, das ist lange her. - Aber gearbeitet habe ich immer viel, das weißt du am besten. - Hörst du, jetzt wird die Dicke eifersüchtig! Hörst du, was sie sagt? - Weißt du, was sie gerade macht? - Der steht doch schon. - Dann gib dir mehr Mühe! - Ich mach's ihr gleich von hinten! Die blase ich auf, dass sie meint, es wär, wie heißt die Kirmes in Werne noch mal? - Sim-Jü! - dass die meint es wär Sim-Jü! - Wenn sie hier

auszieht, dann übernehme ich die Wohnung. Dann können wir so weitermachen!"
Mehrmals versuchte sich Britta Peters gurgelnd, als habe sie etwas im Mund, am Telefonat zu beteiligen.
Spezialität: französisch! Dachte ich mir schon lange, dass Blasen die besondere Begeisterung ihrer Kunden hervorzulocken vermag.
Hoffentlich hat sie trotz ihres Suffs die lila Vorhänge zur Straße gut zugezogen, damit die wenigen Spaziergänger kein Schauspiel besonderer Art geboten bekommen, denn in allen Räumen brennt Licht und man kann bis in die Küche sehen.
Uta Hase kam nicht für den flotten Dreier.
Rudi Neumann beschimpfte Britta: „Du alte Fotze. Wie sieht deine Fotze denn aus? Wie viele Männer hast du gehabt?"
Es wurde leiser, die Jalousien wurden geschlossen.
Ich ging.
Klaus hörte noch, dass Britta sagte: „Wenn ich einen Mann habe, dann habe ich einen, das weißt du doch!" „Und was war mit Georg und Erwin?" fragte er laut. „Dann geh doch, hau ab!" schrie sie. Die Tür wurde ins Schloss gezogen, die Scheinwerfer flammten auf. Er verließ zügig die Einfahrt und wendete sich zielstrebig zum Markt hin.

Die Peters telefonierte abermals und beauftragte jemanden, bei Monika anzurufen. Es ging um die Teilung der Möbel. „Der ist bestimmt bei Monika. - Der ist hier. Die haben doch was miteinander! Das kann mir keiner erzählen. - Sprich doch mal mit Monika. Danach rufe ich dich wieder an. - Um mich kümmert sich keiner! Mich fragt keiner, wie es mir geht!"
Der erwartete Rückruf kam an diesem Abend nicht mehr zustande.
Rudi Neumann kehrte bis Mitternacht nicht zurück. Sie stellte die Musik lauter, wie immer, wenn sie wütend war.
Die neue Musikanlage wurde gottlob nicht bis hinten aufgedreht.
Kurze Zeit später ging sie ins Bett. Sie sprach lieb mit ihrer weißen Perserkatze: „Komm, Pussi, wir gehen ins Heierchen!"
Das Tier ist völlig verängstigt. Oft schreit sie es an: „Du Miststück. Ich hau dich kaputt!"
Dann wiederum sagt die Peters sanft: „Dir tut doch keiner was!"
Das Tier sitzt oft hinter der Glastür und betrachtet die Vorbeigehenden. Wenn sich jemand der Tür nähert, flitzt es in Richtung Schlafzimmertür. Die Perserkatze und der Schäferhund der Hase kommen gut miteinander aus.

Heute ist Sonnabend, der zweite November. Sie zieht nicht aus, denn es ist schon Mittag. Die Miete vom Sozialamt ist auf unser Konto überwiesen worden.
Es geht also mindestens noch einen Monat so weiter. Sie ging einkaufen. Zwei Männer flanierten vorbei und schauten auf ihre Tür. Zur Zeit ist sie weg.
Sie nahm die Bananenstaude mit, die schon seit einiger Zeit verwelkt in der Einfahrt stand.
Klaus pflanzt einen üppigen, sehr stacheligen Strauch aus dem Garten in ein Beet an der Ecke der Pergola.
Der Strauch sollte dort schon länger stehen, aber im Sommer war es zum Verpflanzen zu heiß. Die Berberitze wird ein wenig den freien Einblick verdecken und dafür sorgen, dass man einen Bogen schlagen muss, um ans Tor zu gelangen.
Während Klaus in der Einfahrt arbeitet, kann ich meinen Hochsitz verlassen, aufhören zu schreiben. Es wird niemand zu vertreiben sein. Ich werde mich um meinen Haushalt kümmern, den ich sonst ausschließlich während der frühen Vormittagsstunden erledige. Dann ist es auf unserer Einfahrt ruhig. Das Interesse beginnt erst gegen Mittag. Die Peters kam am Nachmittag in ihre Wohnung zurück, die sie

wahrscheinlich nicht wieder verließ. Alles war dunkel.
Ich beobachtete, dass Uta Hase mit Britta Peters Bruder und dem Schäferhund auf der anderen Straßenseite vorbeiliefen, auf die Tür schauten, umdrehten und auf unserer Seite zurückgingen, noch einmal zur Tür blickend.
Seit einiger Zeit kommen sie nicht mehr rein, schellen nicht an, benutzen nicht mehr den Uta überlassenen Schlüssel. Offensichtlich hat es Anfang der Woche Krach zwischen Bruder und Schwester beim stundenlangen Dartspielen gegeben.
Er verließ unter Schimpfen die Wohnung, Freundin Uta folgte ihm eilig.
Jedoch waren schließlich alle bald wieder zusammen: Uta, ihr Freund, die kastanienrothaarige Frau mit ihrem blonden, etwa fünfzehnjährigen Sohn, Britta.
Die Kastanienrote und der Bruder holten später den Ehemann der Peters, „das allergrößte Arschloch". Vielleicht ist die Kastanienrote die Frau namens Monika? Es sollte vermutlich über die Aufteilung der Möbel gesprochen werden.
„Das allergrößte Arschloch" blieb über Nacht.
Heute Vormittag sind der Vater mit seiner Begleiterin, Uta und ihr Freund da.
Man konferiert!

Der Vater sah auf meinen Schaukasten, las das Schild: „Räume ab 1. 1. zu vermieten, blickte traurig zu mir hoch.

Ich gehe jetzt kochen. Solange der Besuch da ist, wird kein Freier kommen.

Heute, am 18. November, bemerke ich wieder häufigeres Spazierengehen und dabei auf die Tür Schauen, hinter der Verlockungen warten. Zehn Tage lang war es ausgesprochen ruhig.

Gestern Abend kam der Mann mit dem für seinen Körper zu großen Kopf wieder zu ihr. An seinem Verhalten konnte ich gleich zu Beginn der Mietzeit erkennen, dass er über die Angebote unserer Mieterin Bescheid weiß. Damals musterte er mich in auffälliger Weise. Gestern grüßte er schon zu mir herauf wie ein guter Bekannter. Ich sollte glauben, sein Besuch habe den Grund der Wohnungsbeschaffung für Britta Peters.

Sein gestriger Besuch mag zu vermehrtem Interesse von Männern am heutigen Tage geführt haben.

Vor elf Tagen war er auch hier. Er kam um 20:30 Uhr. Das Licht ging an, ich klopfte kaum hörbar an die Scheiben und machte ein Zeichen. Er registrierte, dass ich aufstand. Er wartete. Klaus und ich öffneten unsere Haustür. Ich sagte: „Hier ist Privatbesitz. Sie haben sicher das Schild dort gesehen," wobei

ich auf den Zaun deutete. „Hier ist das Betreten verboten." Er erwiderte: „Ich will gar nicht zu ihnen." „Das habe ich mir gedacht!" „Ich will zu Britta. Wegen Wohnung. Sie will hier ausziehen." „Na hoffentlich!"
Er ging zu ihr rein. Ein weiterer Mann folgte ihm. Große, schlanke Figur, blonde Haare, gutaussehend. Sie sprachen über Mietpreise. Der Blonde ging nach einer Stunde.
Der Dickköpfige machte sich gegen 23:30 Uhr auf den Weg. Bekanntlich saßen wir immer bis gegen 23:00 Uhr hier oben. Er absolvierte einen langen Aufenthalt aus Anlass eines Beischlafs, einer Wohnungsvermittlung oder beidem.
Offensichtlich wählte er zum Gehen einen Zeitpunkt, von dem man sicher sein konnte, nicht beobachtet zu werden. Die zehn Tage zwischen seinen Besuchen waren ruhig. Niemand schaute interessiert. Ich hoffte, dass das Gespräch mit ihm zu einer länger anhaltenden Beruhigung der Situation geführt haben möge, denn alles war wieder so unauffällig, wie vor dem Einzug der Britta Peters. Während der zehn ruhigen Tage kam häufig Privatbesuch, es wurde erzählt und gespielt. An einem Dienstagnachmittag zuvor fuhren Britta Peters und die Kastanienrote fort und kamen mit vier Kartons zurück.

Der Inhalt war die neue Musikanlage der Spitzenklasse. Vielleicht hatte der „Weiße Ring" gezahlt?
Uta montierte die Anlage zusammen und die Musik setzte ein. Die laute Musik verhinderte jegliches normale Gespräch hier oben. Am Spätnachmittag dieses Tages hatten wir eine lange zuvor angesetzte Kassenprüfung meines Kunstkreises. Meine drei Besucher konnten jedes Wort der unten gespielten Schnulzen mitsingen. Es dröhnten die ganze Zeit über dieselben Titel von Liebe, Herz, Glück und einem Prinzen, oder König, der träumt von Treue. Entrinnen in eine bessere Welt?
Danach hatte ich eine Theateraufführung zu besuchen, um eine Rezension zu schreiben. Ich nahm mir vor, dass ich nach meiner Rückkehr, die nach 22:00 Uhr sein würde, sofort die Polizei anrufen würde, falls die Musik noch so laut wäre.
Schon beim Verlassen des Autos knallte die Musik bis in die Garageneinfahrt. Vermutlich stand ein Lautsprecher vor dem immer in Kippstellung geöffneten Küchenfenster und beschallte den ganzen Garten bis zur anderen Grundstücksseite.
Ich rief die Polizei an: „Unsere Mieterin schikaniert uns schon wieder mit Musik. Es ist unzumutbar. Bitte schicken sie Kollegen

vorbei." Sie kamen nach einiger Zeit. Als die Polizeibeamten am Eingangstor eintrafen, war es still. Ich sagte ihnen, dass so etwas bei uns zum wiederholten Male vorgekommen sei. In der vorigen Wohnung habe sie alle Mieter sechs Wochen lang jede Nacht bis gegen sechs morgens Uhr terrorisiert. Das wollen wir hier erst gar nicht wieder einreißen lassen, ich würde sofort ein zweites Mal anrufen, wenn sich wiederhole, dass die Lautstärke ins Unerträgliche gesteigert würde. Klirrende Gläser bis in die frühen Morgenstunden wolle ich nicht noch einmal in Kauf nehmen. Ich wies darauf hin, dass ich dann auf das Einziehen der Anlage drängen würde.
Plötzlich setzte die Musik hinter dem lila Vorhang mit einer Lautstärke ein, dass ein Polizist den Kopf schüttelte und sagte: „So geht es ja nun wirklich nicht!"
Sie konnten sich zunächst keinen Einlass verschaffen, da Klingeln und Klopfen nicht gehört wurden. Als ich auf Wunsch der Polizisten die Telefonnummer heraussuchte, wurde inzwischen von Britta Peters gefragt, was los sei. „Öffnen sie bitte! Hier ist die Polizei!" Sie tat es. „Ihre Musikanlage ist zu laut!" „Ja," fragte sie bekifft. „Stellen sie sie am besten ganz aus!" „Ja," zeigte sie sich einsichtig. „Wenn wir noch einmal kommen

müssen, nehmen wir die Anlage mit. Sie bekommen dann eine Anzeige wegen Ruhestörung, da das schon zum wiederholten Male vorgekommen ist!" „Ja."
Die Musik verstummte. Eine halbe Stunde später gab es noch einmal lautere Musik, danach war Ruhe.
Zwei Tage nach dem Polizeieinsatz wegen der neuen, leistungsstarken Stereoanlage erfolgte der Besuch eines Mannes mit Aktenkoffer. Eindeutig zu erkennen war, dass er nicht zum Bekannten- und Kundenkreis der Peters zählte. Ihr Bruder und Uta waren ebenfalls anwesend. Nach etwa zwanzig Minuten verließ der Besucher mit, wie Klaus beobachtet zu haben glaubt, mürrischem Gesichtsausdruck das Grundstück, um kurze Zeit später mit zwei Polizeibeamten zurückzukehren. Es erfolgte ein längerer Aufenthalt, während dem die Personalien, auch des Bruders, aufgenommen wurden. Wie sich später herausstellte, war der Besucher ein Mitarbeiter der Stadtkasse, der die Musikanlage wegen Nichtbegleichens einer Ordnungswidrigkeit pfändete. Bestimmt wegen der, eine Ordnungsstrafe nach sich ziehenden Ruhestörung in ihrer früheren Wohnung! Am Nachmittag war sie stark angetrunken, aber es gab keine laute Musik, wie sonst, wenn sie sich ärgert.

Letztes Wochenende kam Besuch. Ihr Mann übernachtete zweimal bei ihr. Hoffentlich gibt es eine - zumindest vorübergehende - Aussöhnung und sie zieht zu ihm nach Beckum! Nachdem er Sonntagnachmittag von Uta und seinem Schwager nach Hause gefahren wurde, kam der Dickköpfige, der glaubt, dass wir glauben, er käme wegen einer neuen Wohnung.
Heute hat sie, trotz regem Interesses und Peilens, vergeblich gewartet. Bis jetzt kam kein Freier und kein Privatbesuch zu ihr. Sie schaut Fernsehen.
Klaus ist ins Bett gegangen, weil er einen starken Schnupfen hat. Ich werde noch zwei Stunden aufbleiben, wie immer. Meine Zigaretten sind aufgeraucht. Der "Pizzalieferant" radelt vorbei. Viele erkenne ich auch im Dunkeln am Gang, an der Körperhaltung, an der Figur.

Wann sieht sie endlich ein, dass die Bedingungen hier schlecht für die Ausübung ihres Gewebes sind - trotz bester Lage und Erreichbarkeit? Wann sieht sie endlich ein, wie hartnäckig ich sein kann bei der Erreichung meiner Ziele? Hartnäckig werde ich auch sein müssen bei der Erreichung einer Veröffentlichung dieses Romans. Mehr Chancen hätte ich, dem Zeitgeist entsprechend, mit dieser

Themenstellung: „Sozialengagierte, einsatzfreudige, arbeitsame Prostituierte, gut und günstig, mit multikulturellen Kontakten, von unattraktivem Aussehen, dick und aufgeschwämmt, Trinkerin, mehrfach geschieden, wird von missgünstiger Vermieterin durch Vertreiben der Freier um Zubrot und Lebensfreude gebracht."
Diese Thematik scheint besser verkäuflich zu sein.
Als ich im Vorfeld ein Expose´ an einen Frauenverlag im deutschsprachigen Ausland schickte, das folgenden Wortlaut hatte:

Sehr geehrte Damen und Herren
Welche Gedanken bewegen eine Frau, die glaubte, jemanden eine Chance für einen Neuanfang zu geben und die kurze Zeit später erleben muss, dass sie Tür an Tür mit einer Prostituierten lebt - einer Prostituierten der „billigen Sorte," in deren Umfeld Kleinkriminelle, Mörder und Totschläger verkehren? Die Frau hat Angst vor Übergriffen auf ihre und andere Personen sowie auf Sachwerte. Aber aus ihrer Enttäuschung und anfänglichen Panik erwächst der Mut, sich mit technischen Vorkehrungen, durch eigene Beobachtungen und permanente Anwesenheit zu wehren, abzuschrecken, Freier zu vertreiben

und zu fotografieren.

Sie muss die immer neuen Tricks zweier befreundeter Gunstgewerblerinnen erkennen und das Treiben auf ihrem Grundstück stören, das innerhalb kürzester Zeit zu einer bekannten Anschrift wurde.

Zwei Frauen sitzen an. Die eine im Parterre, um ihre Dienste anzubieten, die andere eine Etage höher, um zu verhindern.

Die Vermieterin muss die geilen Blicke von Männern ertragen, nur weil sie aus derselben Toreinfahrt tritt, von der man weiß, dass hier „Sonderangebote" erhältlich sind. Sie fühlt sich beschmutzt. Während ihrer Anwesenheit im oberen Zimmer schreibt sie die Ereignisse vor ihrer Haustür auf.

Unter Druck war die Mieterin zur Vertragsauflösung bereit - zu ihren Bedingungen.

Zu spät erkennt sie, dass die Zustimmung zur Vertragsauflösung ein Fehler war und versucht, mit rechtlichen Mitteln gegen die Frau am oberen Fenster vorzugehen. Die Hure verteidigt ihre Wohnung mit allen Mitteln, die für ihre Zwecke denkbar günstig gelegen ist, gut erreichbar in zentraler Lage.

Ich würde mich freuen, wenn dieses Thema für Ihren Verlag von Interesse sein würde.

Mit freundlichem Gruß

Danach folgte ein kurzer Textauszug: Oft habe ich mich gefragt, was habe ich dieser Frau getan, die durch ihre Dienste in unserem Hause unsere Anschrift, meine Tochter, unsere andere Mieterin und mich besudelt? ...

Postwendend erhielt ich nachfolgendes Antwortschreiben:

Sehr geehrte Frau Gerdes,
abgesehen davon, dass es schon etwas unklug ist einem FRAUENverlag ein Manuskript - irgendein Manuskript - unter dem Titel Sehr geehrte Damen und HERREN anzubieten, erachten wir ihre spezielle Zusendung an unsere Adresse als Zumutung. Sollten sie es bislang nicht gewusst haben: Prostituierte sind Menschen! Mit Formulierungen wie „Gunstgewerblerinnen", „geile Blicke von Männern" durch die sich jemand „besudelt" fühlt und dergleichen stellen eine inhaltlich bodenlos menschenverachtende Ideologie dar, von der zum einen zu hoffen ist, dass sie irgendwann aus den Köpfen verschwindet und die zum anderen ganz sicher nichts zwischen zwei Buchdeckeln verloren hat. Ich ersuche sie höflich, ihr Bild von Menschen und sozialen Zusammenhängen kritisch zu überprüfen.
f. d. Verlag Frau Dr. S. T.

Die Absage machte mich nicht betroffen. Absagen wird es noch viele geben. Betroffen machte mich das persönliche Engagement der Frau Dr. S. T., das augenfällig ist. Sind ihre Erfahrungen mit Vermieterinnen so schlecht und mit der Prostitution so gut?

Vor meiner Geburt bekamen wir bodenlos menschenverachtende Ideologien von einem Bürger ihres Landes geliefert. Ebenso habe ich das positive Wahlergebnis eines extremen Politikers ihres Staates bei einer Europawahl nicht beeinflussen können. In meiner Tätigkeit als Journalistin und langjähriger Produzentin von Frauenradiosendungen habe ich mich stets um eine ausgewogene Berichterstattung bemüht. Ausgewogen, das heißt immer auch die andere Seite zu beleuchten. In diesem Falle habe ich, glaubt man Frau Dr. S. T., die falsche Seite beleuchtet, nämlich die der Opfer, der Unbeteiligten.

Also doch umschreiben?

Missgünstige Vermieterin bringt fleißige Prostituierte um Lebensfreude und Geld!

Heute, am 3. Dezember, kann gehofft werden, dass es bei Britta Peters mit einer neuen Wohnung geklappt hat. Kurz vor sieben Uhr wurde sie von einem Mann abgeholt. Gegen 11:30 Uhr kehrte sie mit einem silbergrauen Golf mit Warendorfer Kennzei-

chen zurück. Nach einer Viertelstunde verließ sie die Wohnung eiligen Schrittes, auf die Uhr schauend, einen grünen Schein in der Hand, in Richtung Sozialamt.
Ein grüner Schein! Das lässt Hoffnung zu!
Einen grünen Schein hatte auch ich vor der Unterzeichnung des Mietvertrages auszufüllen. Angaben über die Größe der Wohnung, des Mietpreises und der Nebenkosten mussten gemacht werden. Der grüne Schein wurde vom Sozialamt geprüft. Um Klarheit zu haben, rief ich den Sachbearbeiter an. Ihm war nichts bekannt von der Abgabe des Formulars, aber heute sei das Amt für Publikumsverkehr geschlossen und es könne sein, dass der Antrag erst später auf seinen Schreibtisch gelangen würde. Er würde mich gleich verständigen, wenn er mehr wisse. „Aber", so sagte er, „der Vertrag mit ihnen ist doch sowieso zum Monatsende ausgelaufen." „Der Vertrag ist beendet, ob sie aber auszieht, ist fragwürdig. Erst vor zehn Tagen hat sie fürchterlich geschrien: `Ich ziehe hier nicht aus!´ und `Sie! Sie können mich mal am Arsch lecken!´ Sie hatte meinen Mann zu sich gebeten, weil etwas verschimmelt sei." Der Beamte wusste schon

von der durch Stockflecken ruinierten Jacke. „Dies scheint ein Vorwand gewesen zu sein, denn sie sagte zu meinem Mann: `Herr Gerdes, ich kann am Einunddreißigsten nicht ausziehen!´ Er erwiderte: `Sie haben ja gelesen, was der Anwalt geschrieben hat. Dabei bleibt es!´" Wir wollten gerade zu unserer Nachbarin gehen, deshalb stand ich in der Einfahrt. Wütend kam sie mit der verschimmelten Jacke in der Hand vor die Tür gelaufen. Ich sagte freundlich zu ihr - ihr Bruder und Uta waren ebenfalls in Hörweite: „Es sind ja nur noch sechs Wochen." Daraufhin kam ihr Wutausbruch: „Ich ziehe hier nicht aus!" Ich erwiderte, immer noch freundlich: „Dann wird geräumt!" Zu der Antwort hatte mir unser Anwalt geraten nach einer ähnlichen Szene Ende September. Danach erfolgte ihre Aufforderung, ihr den Arsch zu lecken. Ihr Wutausbruch hat mich nicht so stark berührt, wie das anschließende wilde Zuschmeißen der Eingangstür. Wie lange das Material eine solche Behandlung noch durchhält, ist ungewiss! Inzwischen hat sie die gesamte, über zwei Meter breite Sprossentür mit

Schneeschaum und Weihnachtsmotiven besprüht und beklebt. Es sieht nicht gut aus, lässt aber den Durchblick auf die lila Gardinen und die dahinter liegenden Räume nicht zu. So kann man nicht schon von weitem die Zeichen eindeutig erkennen, die durch die geöffneten oder geschlossenen Vorhänge, brennenden Kerzen oder das weiße Miniregenschirmgehänge gesetzt wurden.

Als sie merkte, dass der neuerliche Versuch, Klaus zu einer Vertragsverlängerung zu bewegen, gescheitert war, suchte sie ihren Anwalt auf. Dieser hat ihr sicherlich noch einmal bestätigt, dass sie soviel Besuch erhalten könnte, wie sie wolle und es in ihr Ermessen gestellt sei, welchen Besuch sie empfange. Das wurde mir nach dem Auftritt klar, der sich am Abend dieses Tages ereignete. Ich sah von meinem Fenster aus, dass der Stadtstreicher mit dem roten Bart und den verfilzten, roten Haaren auf seinen beiden Krücken, auf die er sich seit dem Frühjahr stützt nach einem Beinbruch, der scheinbar nicht heilt, hier vorbei humpelte. Er trug seinen warmen Lammfellkurzmantel - wie immer. Einige

Plastiktüten - wie immer. Er stierte geistesabwesend - wie immer. Etwas war anders als sonst, wenn er bei uns lang humpelte. Unmerklich verzögerte er an unserer Hausecke den Schritt. Er wurde begleitet von einem jüngeren Mann in schwarzer Lederjacke und dessen Collierüden. Ich vermutete, dass die beiden Männer mit dem Hund unter dem Vordach des Versicherungsbüros warten würden. Kurze Zeit später flammte das Licht an und Britta Peters beugte sich über das Tor, streichelte den Collie. Lallend sagte sie: „Du bist ja ganz nass!" Ich ahnte, dass sie die beiden Trinker zu sich eingeladen hatte. Der Collie sprang inzwischen in unserer Einfahrt umher, lief in ihre Wohnung und zurück zum Tor, das ihn hinderte, zu seinem Herrchen zu gelangen. Klaus war inzwischen vom Dienst zurück und vertrat mich am oberen Fenster, während ich mich umziehen wollte, da wir noch Besuch erwarteten. Durch die matte Dielentürscheibe sah ich, wie der rothaarige Trinker die Einfahrt betrat, gefolgt von dem anderen. Ich riss die Haustür auf und schrie die beiden aus Leibeskräften an. Sie sollten die

Einfahrt verlassen, hier sei Privatgelände - ab hier! Raus! Britta Peters hatte die Eingangstür immer noch einladend geöffnet. Sie stand davor und winkte den Männern. Aber mit meiner unbändigen Wut und durch mein lautes Geschrei habe ich sie offensichtlich beeindruckt. Man konnte mein Brüllen übrigens bis zum gegenüber liegenden Kiosk hören. Der Rothaarige mit den Krücken verließ die Einfahrt. Inzwischen war auch Klaus unten angelangt. Der Trinker mit dem Collie entschuldigte sich und sagte, ihm wäre nie eingefallen, hierher zu kommen, aber sie, dabei wies er mit dem Finger auf Britta Peters, die ein Stück weiter stand, habe dem Penner diese Wohnung anbieten wollen. Er selbst wäre nur mitgegangen, um dem zu helfen, „aber die wollen ja gar keine Wohnung, die wollen ja auf der Straße sein. Ich habe eine Wohnung, ich bin kein Penner. Ich habe auch einen Ausweis mit." Er kramte in seinem Portemonnaie, fand ihn aber nicht. Er heiße Ziebulski und arbeite beim Sozialamt, Zimmer 201. Klaus fragte: „Dann betreuen sie also Sozialhilfeempfänger? Auch um diese Tageszeit?" Nach einigem Herumdrucksen sagte er: „Ich will sie ja nicht anlügen, das war nicht mein richtiger Name, eigentlich heiße ich Kohlschäfer und wohne in der Schafferstraße 23. Meine Mutter ist bei"... Nun folgte der Name einer christlich-sozialen Einrichtung. „Die kennt da jeder! Der Hund heißt auch nicht Minister, er heißt Jonas. Gut, ich trinke, ich habe schon drei Entwöhnungskuren mitgemacht, immer wieder angefangen, aber lügen kann ich nicht leiden! Wenn ich eines hasse, dann sind es Lügen. Aber die trinkt auch! Eine Flache Korn am Tag kriegt die weg, das wissen alle. Eine halbe Flasche Schnaps habe ich heute auch schon weg und sieben Flaschen Bier. Ich bin gelernter Elektriker, habe aber die Prüfung nicht geschafft. Eigentlich war ich Wachmann bei den Engländern, dann bei der Post. Jetzt bin ich arbeitslos, eigentlich krank geschrieben." Mir fiel sofort ein, dass man kürzlich einen Arbeiter im Paketdienst mit einer Überwachungskamera des Diebstahls überführte. Er erwähnte mehrmals, dass seine Mutter angesehen sei. „Ich habe zu viele Minderwertigkeitskomplexe, darum fange ich immer wieder an. Aber Pennern helfen, das werde ich nicht wieder tun. Sonst wäre ich ja gar nicht hier auf das Grundstück gekommen. Aber sie hat gesagt, sie hat eine halbe Flasche Schnaps." Unser Besuch war inzwischen eingetroffen und verfolgte die Vorgänge. „Wir wollten ihr auch eine Chance für einen Neuanfang geben, und jetzt lädt sie Penner ein," sagte Klaus. „Der Penner hat sich doch schon vor zwei Jahren im Stehen in die Hose gepinkelt, als er mit Ulla hier vorbeischlurfte", meckerte ich. Und an Britta Peters gerichtet: „Mädchen, ich warne dich! Pass bloß auf, sonst kannst du was erleben! Erst sagt sie, `Ich bin der Frau ja so dankbar, dass sie mir die Wohnung gegeben hat´ und jetzt schleppt sie uns Nichtsesshafte an!" „Seit wann duzen wir uns?" kam die leise, fast eingeschüchterte Erwiderung. Zuvor hatte sie eingewandt, sie hätte schon ihren Freund angerufen, der gleich käme. Er erschien wenig später. Es war der Dickköpfige, der angeblich eine Wohnung für sie hatte, die sie in sechs Monaten beziehen könne. Der ordentlich gekleidete Trinker Kohlschäfer sagte: „Den kenne ich, der handelt mit Waffen und Drogen." Ich sprach den Mann an: „Ihre Freundin hat gerade den rothaarigen Nichtsesshaften mit den Krücken und diesen Mann hier zu sich eingeladen. Den Penner werden sie ja wohl kennen! Meinen sie nicht auch, dass das zu weit geht. So etwas wollen wir erst gar nicht einreißen lassen. Den habe ich angeschrien, bis er forttorkelte. So etwas kann hier nicht Dauerzustand werden."

Zwischendurch schrie die Peters: „Die lügt! Die lügt!" Uli Kohlschäfer sagte zu dem anderen: „Ich kriege noch fünfzig Euro von dir von der Waffe, die du mir verkauft hast." Und an uns gerichtet wiederholte er: „Der handelt mit Waffen und Drogen." „Ich handele nicht mit Waffen und Drogen," erwiderte der Freund der Peters. „Womit denn?" fragte Klaus. „Nicht mit dem, was sie glauben!" „Was ist es dann?" Er blieb die Antwort schuldig.

Waffen und Drogen, das wird ja immer schöner! Wir trennten uns. Er blieb bis nach 23:00 Uhr. Zuvor hatte ein matt roter Opel Kadett mehrmals unsere Straße befahren. Er parkte, für uns nicht einsehbar, vor der Versicherung. Ich erkannte es am Abstellen der Scheinwerfer. Der Fahrer betrat die Wohnung der Peters, er ließ sich durch mein Klopfen an das Fenster nicht abhalten. Er blieb nicht ganz eine halbe Stunde. Inzwischen war ich auf die Straße gegangen, um mir die Auto-Nummer zu notieren. Dabei wurde ich zwangsläufig bemerkt. Das neue Eisengitter unter unserem Vordach klapperte beim Öffnen und der Scheinwerfer flammte auf. Der „Freund" kam raus und sagte: „Der bleibt nicht lange, er holt mich nur ab." Er muss mich wohl gefragt haben, was ich auf der Straße gemacht habe. Warum ich antwortete: „Ich habe mir etwas angeschaut," weiß ich nicht mehr und schon gar nicht, warum ich hinzufügte: „Sie haben selbst gehört, was der mit dem Collie eben von ihnen behauptet hat. Halten sie uns doch nicht für dumm!" Ich zitterte unmerklich.

Am nächsten Tag holte Britta Peters ein großes, nicht schweres Paket von der Post. Ihr „Freund" kam. Gegen 21:15 Uhr wollte er den Fahrer des matt roten Opel Kadetts vom Vorabend auf der Straße treffen. Der Großköpfige schaute am Tor hin und her, ging wieder rein, nachdem er mit dem Handy telefonierte. Der Kadett befuhr zweimal, aus Ostrichtung kommend, unsere Straße. Er hielt nicht an, der Fahrer stieg nicht, wie gestern, aus! Man wurde vorsichtiger! Der Kadettfahrer kam nicht wieder. Kurz vor 22:00 Uhr verließ der Freund die Wohnung ein zweites Mal an diesem Abend. Er überquerte die Straße, wartete in einer hell erleuchtete Haustür. Telefonierte! Wartete danach vor den schon dunklen Schaufenstern des Haushaltswarengeschäftes. Telefonierte wiederholt, bis er nach über zwanzig Minuten von einem silbermetallig-hellblauen Polo abgeholt wurde. Während der ganzen Zeit beobachtete er mich am Fenster und ich ihn. Beim Abfahren machte er eine Handbewegung zu mir herauf. Ob das eine freundliche Geste war, ist zu bezweifeln. Am Morgen des nächsten Tages suchte ich die nahegelegene Polizeistation auf und sprach mit einem Kriminalbeamten. Ich wiederholte die Aussagen des Uli Kohlschäfers, berichtete, dass der „Freund" wegen Drogenhandels im Gefängnis gewesen sein soll. Damals habe er längere Haare gehabt. Ich erzählte von Utas überstürztem Abliefern eines kleinen, weißen Kartons, den man aus Zeitmangel nicht einmal in einer Plastiktüte transportierte habe, obwohl sie sehr genau wissen konnte, dass ich beim Fenster sitzen würde, wie immer, und die Scheinwerfer aufflammen würden, wie immer. Etwas musste schnell umgelagert werden. Sie verließ ebenso überstürzt das Grundstück, um mit hoher Geschwindigkeit mit ihrem im Auto wartenden Freund wegzufahren.

An diesem Sonntagabend suchte die Polizei offensichtlich einen weißen Golf. Man überprüfte Autos des Typs und dieser Farbe. Die Beamten schauten auf die Rücksitze parkender Personenwagen und auf Klingelschilder von Haustüren auf der anderen Straßenseite. Zuvor hatte für kurze Zeit ein weißer Golf hier gehalten. Der Fahrer lief eilig an unserem Haus vorbei und fuhr dann ebenso eilig davon.

Prostitution, Drogen und Waffen, plötzlich ist man mitten drin. Ich berichtet von dem

Angebot des 21. Septembers, das unsere Tochter und meine Schwägerin hörten, wonach die Peters zweihundert Euro wöchentlich oder mehr erhalten sollte. Für ihre Dienste als Gunstgewerblerin oder für die Bereitstellung ihrer Wohnung als Zwischenlager für heiße Waren? Ich berichtete von weiteren, ungewöhnlichen Anlieferungen zu ungewöhnlichen Zeiten, äußerte meine Vermutung, dass die Aktivitäten von dieser Wohnung gesteuert würden. Seit Anfang Oktober wurden die Männerbesuche deutlich eingeschränkt - sie öffnete sogar manchem nicht, bis Anfang November ihr dickköpfiger „Freund" in Erscheinung trat. Man bemühte sich, weniger aufzufallen, um ungestörter taktieren zu können. Im Drogenhandel scheint ihr Bruder eine bedeutende Rolle zu spielen.

Er ist häufig da, steht unauffällig im Hintergrund, ist bei wichtigen Gesprächen anwesend, so auch am 21. 9. bei dem „Zweihundert-Euro-oder-mehr-Gespräch" pro Woche für irgendwelche Dienstleistungen. Seit diesem Datum ist er wieder mit seiner Ex-Verlobten Uta zusammen. Er wirkt ruhig, unverdächtig. Anfangs dachte ich häufig,

merkt der eigentlich nicht, was die Beiden treiben? Inzwischen bin ich zu der Gewissheit gelangt, dass er sie führt und ausschlaggebenden Einfluss auf die Geschehnisse auf unserem Grundstück nimmt.
Wir haben noch kein Wort miteinander gesprochen.
Wie zu erwarten war, sagte der Kriminalbeamte irgendwann: „Sie teilen mir ausschließlich Vermutungen mit."
„Beobachtungen und Vermutungen! Beweise kann ich ihnen wohl kaum liefern. Was ich jedoch liefern kann, sind Mosaiksteine zu einem Gesamtbild. Autonummern zu verdächtigen Besuchern, Informationen, die sie bewerten müssen. Von mir aus können sie die letzte halbe Stunde für sich, aber auch für mich als vertane Zeit bewerten. Nur, wenn jeder die Augen schließt bei offensichtlichen Auffälligkeiten, dann gibt es keine Veränderung!" Er versprach: „Wir werden uns die Dame anschauen und dann komme ich mal bei ihnen vorbei, um zu sehen, was sie sehen können!" Das hat er offensichtlich während der vergangenen Woche nicht geschafft!
`Erstaunlich, dass bei dieser Geschwindigkeit der Jungs von der Kripo überhaupt Verbrechen aufgeklärt werden!´ dachte ich wütend enttäuscht.

Seit sechs Tagen haben wir die lange erwarteten Videoaufzeichnungsgeräte.
Die kleine Kamera steckt in einer Blattpflanze. Sie nimmt vierundzwanzig Stunden ununterbrochen auf. Das Anschauen der Bänder erfordert genauestes Hinsehen, denn im Schnelldurchlauf, der immerhin mindestens eine Stunde täglicher Zeit in Anspruch nimmt, erscheinen Veränderungen auf dem Bildschirm nur für Bruchteile von Sekunden. Es ist eher ein Flackern! Stoppen, die angezeigte Uhrzeit merken, zurückspulen, stoppen, mit Schnellvorlauf an die Uhrzeit herantasten, mit langsamerer Geschwindigkeit anschauen.
Sofort auf dem ersten bespielten Band war der „Freund" aufgezeichnet worden, als er das Grundstück betrat und verließ. Ich wollte den Kriminalbeamten anrufen, bei dem ich vor drei Tagen war, konnte mich aber nur ungenau an dessen Namen erinnern.
Lehmköster hatte ich mir gemerkt. Es stimmte nicht. Eine Verbindung kam daraufhin nicht zustande. So rief ich einem Kriminalbeamten an, der in einem anderen Ressort tätig ist, fragte ihn, ob wer sich noch an mich erinnern könne. „Ja, natürlich, Ellen Gerdes vom Frauenradio!" Wir hatten vor einiger Zeit zusammen mit einer Kollegin des Streifendienstes eine Sendung über Frauen in

untypischen Berufen gemacht. Sein Part war es, Einstellungsbedingungen und Aufstiegschancen bei der Polizei zu erläutern. Im jetzigen Telefonat bat ich ihn, den Kollegen zu ermitteln, der so ähnlich wie Lehmköster heißen müsse.
Es gelang nicht.
Ich erzählte ihm bruchstückhaft meine Beobachtungen und Vermutungen, teilte ihm meine Befürchtung mit, von seinen Kollegen als Person mit zu viel Phantasie angesehen zu werden, oder als jemand, der zu viele Kriminalfilme sieht oder zu viele Räuberpistolen liest. Ich wünschte, ernst genommen zu werden. Bei ihm stieß ich auf großes Verständnis. Er kennt meine journalistische Arbeit. Er gab mir die Telefonnummer eines Kollegen von der Drogenfahndung. Wieder berichten und verständnisloses Fragen: „Was wollen sie überhaupt?" „Was ich will? Ich will ihnen die Möglichkeit geben, ein Videoband anzuschauen, das vermutlich einen alten Bekannten der Kripo aufgezeichnet hat, der nach Aussagen eines Herrn Kohlschäfers auch jetzt wieder mit Drogen und Waffen handeln soll."
Er schien nicht sonderlich begeistert.
„Dann bringen sie uns das Band mal zur Hauptwache!" „Dort können sie es nicht

ansehen. Das ist nur mit einem Spezialvideorekorder möglich. Sie müssten schon zu uns kommen."
Vor Montag ginge es nicht, man sei an einem aktuellen Fall, aber Montag. - Ja, er würde vorher anrufen.
Das tat er nicht, sondern kam in Begleitung eines Kollegen während der Mittagszeit. Ich nutzte die Anwesenheit von Klaus und machte während seiner Mittagspause dringende Erledigungen beim Finanzamt. So trafen mich die beiden Kriminalbeamten nicht an. Zum Anschauen des Videobandes kam es nicht, da Klaus den Videorekorder nicht bedienen konnte, noch Zeit dafür hatte. Die beiden Beamten würden sich noch in dieser Woche melden. Ja, sie würden vorher anrufen.
Unser Finanzbeamter war zuverlässiger, wissensdurstiger und schneller als die Kripo.
Britta Peters und wohl auch Freundin Uta sowie deren neuer alter Freund sind darüber informiert, dass wir die Kriminalpolizei eingeschaltet haben.
Am Montag der vorigen Woche rief ich unseren Anwalt an und erinnerte ihn daran, dass er vorgeschlagen habe, etwa Mitte November der Britta Peters zu schreiben und an das Vertragsende zum 31. 12. zu erinnern. Anlässlich eines Telefonats im Oktober teilte

ich ihm meine Befürchtung mit, dass sie hier nicht ausziehen würde. Der Auftritt Ende September zeigte mir dies deutlich. Da schrie sie: „Ich ziehe hier erst zum 31. 3. aus." Dem Beamten des Sozialamtes hatte sie zuvor erzählt, es gäbe Schwierigkeiten mit der Vermieterin, sie habe eine neue Wohnung, die noch renoviert werden müsse, sodass ein Umzug im Januar oder Februar stattfinden könne. Als ich Herrn Niemann das mitteilte, sagte er: „Das sind ja ganz neue Gesichtspunkte. Sie hat mir doch erzählt, dass sie zum 15. 12. auszieht, sie hätte schon eine neue Wohnung." „Die erzählt viel! Meine Befürchtung ist, dass sich eine Räumungsklage anschließen wird."

Diese Meinung wurde durch den Auftritt Ende November bestätigt, an dessen Ende ich ihr den Arsch lecken sollte.

So wies Herr Niemann mit Schreiben vom 25. November darauf hin, dass aus gegebenem Anlass an die Beendigung des Mietverhältnisses erinnert würde und bei nicht fristgerechtem Auszug unverzüglich eine Räumungsklage erhoben werden würde. Sein Schreiben kreuzte sich mit dem des Anwalts der Peters, der in zwei Sätzen mitteilte, dass sie nach längerem Suchen eine Ersatzwohnung gefunden habe und im März ausziehen würde.

Als ich das las, zitterten meine Hände. Wut und Ohnmacht stiegen in mir auf, auch Angst, die ich schon fast überwunden glaubte.
Extreme Erregung erfasst mich jetzt seltener, jedoch bei den Gesprächen mit ihrem „Freund" und beim Rausschmiss des Penners bebte ich innerlich. Aber nun war es wieder da, das Zittern am ganzen Körper, auch Aufschrecken aus dem Schlaf, Herzrasen und nicht wieder einschlafen können.
Unmittelbar nach Erhalt des Briefes des Gegenanwalts schrieb Herr Niemann:

Angelegenheit Gerdes ./. Peters

Sehr geehrte Herren Kollegen!
In dieser Sache beziehen wir uns auf ihr Schreiben vom 25. 11. ds. Js. Bekanntlich hat ihre Mandantschaft die fristlose Kündigung wegen vertragswidrigem Gebrauchs der Mietsache durch unsere Mandantschaft Mitte September nur dadurch verhindern können, dass sie den Aufhebungsvertrag vom 16. 9. unterzeichnet hat.
Im Gegenzug dazu versprach unsere Mandantschaft Frau Peters sogar noch fünfhundert Euro „Umzugskostenentschädigung" in bar am Tage des Auszuges. Außerdem erklärte sich Herr Gerdes notge-

drungen mit einer Verlängerung des Mietverhältnisses bis Jahresende einverstanden, da ihre Mandantin nach ihrem eigenen Vortrag - vgl. auch ihr Schreiben vom 19. 9. - zu diesem Zeitpunkt bereits eine neue Wohnung sicher hatte. Eine erneute Verlängerung des Aufenthaltes ihrer Mandantin in der Wohnung unserer Mandantschaft kommt deshalb unter keinen Umständen in Betracht.
Sollte ihre Mandantin nicht am 31. 12. spätestens die Mietwohnung vollständig geräumt und ordnungsgemäß übergeben haben, wird noch in der ersten Januarwoche Räumungsklage von uns erhoben werden. Dies gilt erst recht angesichts der - im wahrsten Sinne des Wortes, abenteuerlichen Verhältnisse, die inzwischen auf dem Grundstück unserer Mandantschaft, hervorgerufen durch Frau Peters und deren Umgang, herrschen. Unsere Mandantschaft hat deshalb heute Kontakt mit der zuständigen Abteilung der Kriminalpolizei aufgenommen.
Nur der Vollständigkeit halber dürfen wir ihnen im Übrigen mitteilen, dass unsere Mandantschaft in dieser Sache nicht kostenempfindlich ist.
Mit kollegialen Grüßen
So wurde das Informieren der Kriminalpolizei bekannt!

Ich erschrak zutiefst über diesen Satz!
Selbstverständlich würde er eine Wohnungssuche beschleunigen aber auch die Gefährdung für uns erhöhen. Eine Räumungsklage könne, so Herr Niemann, wenn sie über zwei Instanzen läuft, einen Zeitraum von elf Monaten in Anspruch nehmen. Anfänglich riet er dazu, auf die Fristverlängerung bis Ende März einzugehen, da sie dann schneller hier weg sei, als durch den Prozess.
Ich widersprach ihm mit aller Bestimmtheit: „Die zieht auch im März nicht aus! Allen denen, die offensichtlich dahinterstecken, geht es nicht um eine Wohnung, sondern um Räume in dieser günstigen Lage. Einzig meine beziehungsweise unsere permanente Anwesenheit stört ihr Treiben.
Wer hier weg muss, das bin nach deren Meinung, ich, die am meisten beobachtet, die die meisten Personen kennt!
Ungestört kann die Peters hier schon lange nicht mehr wohnen. Für uns geht es darum, so schnell wie möglich wieder normal zu leben, ohne den Zwang, sich um Fremde in der bisher notwendigen Weise kümmern zu müssen. Eine Fristverlängerung bis März verschiebt die Problematik nur weiter nach hinten. Auf dem Wohnungsmarkt besteht ein Angebot an

Wohnungen. Auch preisgünstige werden inseriert, man muss sich nur darum kümmern!
Sie braucht nur die alte Masche von der stillen, höflichen Sozialhilfeempfängerin abzuziehen, die gerade eine Trennung hinter sich hat und das wenige Geld des Sozialamtes durch ein oder zwei Putzstellen aufbessert. Bei uns und dem Vorvermieter war sie damit erfolgreich! Warum sollte es nicht ein weiteres Mal klappen? Nein, im Januar erfolgt das Einreichen der Räumungsklage, weil wir sonst Zeit verschenken, in der uns viel von unserer Lebensqualität verloren geht. Ich habe noch ganz stabile Nerven, aber zeitweise komme ich an den Punkt, wo ich weiß, dass ich das hier nicht mehr lange durchhalten kann."
Manchmal erschrecke ich bei dem Gedanken, was ältere Vermieter durchmachen müssen, wenn ihnen bei Neuvermietung solch ein Fehlgriff passiert. Sie können sich möglicherweise weniger wehren als wir, die nicht unsere Kontakte haben.
Zugegebenermaßen zeitigen sie nicht direkt Erfolge, aber immerhin fährt die Polizei seit Monaten auf unserer Straße vermehrt Streife, immerhin bekommen wir Auskunft über Namen der Halter uns aufgefallener Kraftfahrzeuge, immerhin kann ich an höchster Stelle das Desinteresse der Kriminalbeamten vortra-

gen. Ich erschrecke auch, wenn ich mir vorstelle, dass unsere andere Wohnung mit separatem Eingang, der von uns aus nicht einsehbar ist, von solch einer Mieterin bewohnt würde. Wir wären ein Treffpunkt von Nutten, Freiern, Dealern und Waffenhändlern und würden es nicht einmal merken, während sich die Nachbarschaft wundern würde.

Dankbar sind wir, dass sich diese Anwaltspraxis unserer Sache angenommen hat. Es ist eine Sozietät mit fast dreißig Partner. Erstaunt bin ich immer aufs Neue über das Verhandlungsgeschick des Rechtsanwalts Niemann. In unseren Gesprächen weist er darauf hin, dass eine gütliche Auseinandersetzung nerven-, geld- und zeitsparender sei, ertastet unsere Bereitwilligkeit und schreibt der Gegenseite mit aller Härte und Eindeutigkeit. Formulierungen wie, seine Mandantschaft sei „in dieser Sache nicht kostenempfindlich" können mich fast begeistern.

Seit wir die Videoüberwachung haben, sitze ich nicht mehr andauernd im oberen Zimmer.
Sie kam Monate zu spät!
Der Inhaber der Sicherheitsfirma, ein Bekannter von Klaus, hatte früher keine Anlage frei und wir warteten. Die, die unser alter

Freund zusammenbauen wollte, wurde nie fertig.
Die viele Zeit, die ich im oberen Zimmer verbrachte, hatte auch ihr Gutes. Ich war als Abschreckung deutlich sichtbar und konnte gleichzeitig die Besucher gut beobachten.
Das hilft mir jetzt beim Ansehen der schwarzweißen Videobänder, deren Bildqualität unscharf ist. In eingeschränktem Maße werde ich auch weiterhin am Fenster sitzen.

Heute ist der 2. April.
Die Sonne scheint. Im Garten blühen die Frühlingsblumen. Überall her leuchten blaue Stiefmütterchen und bunte Primeln. Die Vögel zwitschern. Unsere Hühner gakeln und legen bereits die ersten Eier.
Es ist friedlich.
Ich sitze auf der Terrasse und schreibe.
Fast vier Monate sind nach den letzten Zeilen verstrichen. Es gab in der Zwischenzeit viel zu tun.
Der Garten musste bearbeitet werden. Im Herbst war keine Zeit dazu, denn ich saß unendlich lange Zeit auf dem „Hochsitz" im oberen Zimmer, beobachtete und schrieb.
Zu bemerken war, dass der Bruder der Peters kaum noch hier verweilte, höchstenfalls für kurze Erledigungen oder für Anlieferungen.

Die Zeit des Dartspielens und der Besuche war vorbei, als unser Anwalt unserer Mieterin mitgeteilt hatte, dass wir die Kriminalpolizei verständigt hatten. Mein Erschrecken über die Mitteilung war groß. Meine Vorsichtsmaßnahmen wurden verschärft.
Oft ging ich mit der Gaspistole in der Hosentasche zum Zigarettenkaufen zum schräg gegenüber liegenden Kiosk.
Aber es passierte nichts.
Als ich die Videoaufzeichnung von der Nacht vom 4. zum 5. Dezember anschaute, sah ich, dass die Peters mit einem großgewachsenen, schlanken Mann gegen 0:30 Uhr zu ihrer Wohnung zurückkehrte. Beide trugen Taschenlampen.
Der Besucher verließ nach einer Dreiviertelstunde die Wohnung. Das Licht der Einfahrt flammte an. Er überstieg das Hoftor, berührte es nicht, schaute rechts hinter die efeubewachsene Pergola, wendete sich dann nach links und verblieb vierzig Sekunden vor dem Haus. Der Teil des Grundstückes wurde nicht von der Kamera erfasst. Was er dort machte, ist unbekannt. Es wurde nichts beschädigt.
Während des nächsten Tages blieben die Jalousien bei der Peters geschlossen.
Es gab kein Lebenszeichen von ihr. Langsam bekamen das merkwürdige Verlassen und

Umsichschauen ihres nächtlichen Besuchers eine gewichtigere Bedeutung. Hatte er das Tor nicht berührt, um Fingerabdrücke zu vermeiden?
Allzu große Sorgen machte ich mir nicht.
Auch zuvor hatte sich Britta manchmal tagsüber nicht bemerkbar gemacht und Uta musste ihr in den späten Nachmittagsstunden beim Aufstehen und Waschen behilflich sein. Vermutlich gab es eine Wiederholung dieses Vorganges, beruhigte ich mich.
Ich ertappte mich dabei, dass ich bitter dachte, ein mögliches Tötungsdelikt wäre auch eine Lösung unseres Problems.
Am späten Nachmittag erschienen Uta und der Bruder der Peters. Sie kamen nicht in die Wohnung und schellten bei mir. Als ich öffnete, standen beide offensichtlich ängstlich und besorgt da.
Uta zitterte.
Sie unterdrückte Tränen, als sie sagte: „Ich habe den ganzen Tag über angerufen. Sie geht nicht ans Telefon. So fest kann ja keiner schlafen. In der Küche ist die Jalousie auch noch zu. Ich habe doch heute Nacht noch mit ihr telefoniert. Da muss ja was passiert sein!"
Ich sagte nichts von dem nächtlichen Besucher und erwiderte, dass die Jalousien den ganzen Tag lang verschlossen geblieben waren. Ich

bot dem Bruder an, vom Garten her an die Jalousien zu klopfen. Vielleicht würde das gehört.

Sie schienen sich aufrichtig um die Peters zu sorgen. Andererseits trugen beide durch die Vermittlung von Gelegenheiten in besonderem Maße dazu bei, dass deren Leben gefahrvoll war.

Nach einigem Klopfen und Poltern hörte man innerhalb der Wohnung Lebenszeichen. Britta Peters schleppte sich zur Tür und öffnete. Uta und der Bruder traten ein.

Sie klagte über Schmerzen durch die Schläge, die ihr letzter Besucher ihr zugefügt hatte. Die beiden Frauen hielten sich lange im Badezimmer auf, kühlten die schmerzenden Stellen und wuschen Blut aus den Haaren.

Anschließend klapperte Geschirr in der Küche. Es gab Essen.

Kurze Zeit danach war sie wieder so hergestellt, dass sie unerträglich laut Musik hörte.

Ihre neueste Masche ist, die Musik wellenartig laut zu stellen, was einen Anruf bei der Polizei verzögert, da man in einer ruhigen Phase hofft, die Schikane sei vorbei, um wenig später wieder krankmachenden Krach hören zu müssen.

Klaus rief die Polizei an. Als sie kurze Zeit später eintraf, war alles ruhig.

Es blieb still.

Das war kurz nach 21:00 Uhr desselben Tages, als auf dem Monitor der Überwachungsanlage das Eintreffen des Drogen- und Waffenhändlers beobachtet werden konnte.

Gut zwanzig Minuten später hielten zwei Polizeifahrzeuge vor unserer Einfahrt.

Sie kamen aus entgegengesetzten Richtungen.

„Wenn das keine Lobby ist! Zwei Peterwagen zur gleichen Zeit! Die steigen aus! Komm, wir gehen mal runter," sagte ich. Die Beamten hatten inzwischen das Grundstück betreten.

„Wir haben sie diesmal nicht gerufen" sagte ich gerade, als Britta Peters auf der Bildfläche erschien. Sie rang erregt nach Luft und erwiderte: „Nein, ich habe sie angerufen! Der schlägt mich! Gucken sie mal hier!" Dabei zog sie den Halsausschnitt ihres viel zu kurzen, dünnen Pullovers zur Seite und wies auf die Würgemale aus der vorherigen Nacht. „Der hat Haschisch bei sich!" Sie atmete schwer und schwankte. Ein Beamter fragte: „Sie haben getrunken?" „Ja," war die knappe Antwort.

Inzwischen war auch ihr Besucher vor die Tür getreten. „Der hat Haschisch, der hat Haschisch!" „Wo?" „Oben, in der Brusttasche!"

Die Beamten zogen ein weißes Tütchen aus seiner Jeansjacke. Sie verlangten die Ausweis-

papiere des Großköpfigen. Er hatte keine. Sie fragten ihn, ob er ein Messer bei sich trüge. „Nein!" Er wurde nach Waffen abgetastet und zur Feststellung seiner Personalien mit auf das Revier genommen.
Er wirkte ruhig.
Zuvor war in der Wohnung nichts Auffälliges zu hören gewesen. Wir schauten im oberen Zimmer leise Fernsehen, hätten Geräusche eines Angriffs oder Schreie mit Sicherheit gehört.
Nachdem die vier Beamten und der vorläufig Festgenommene das Grundstück verlassen hatten, wandte sich die Peters an uns. Ihre Stimme klang angenehm weich: „Herr Gerdes, Frau Gerdes, sind sie noch da?" Mein Mann schloss leise die Tür, ich war schon gegangen.
Suchte sie das Gespräch mit uns, um uns von der vermeintlichen Gewaltanwendung durch den Verhafteten zu berichten? Sollten wir wegen ihres Schicksals Mitleid empfinden? Erwartete sie, dass wir ihr weitere Lügen abkaufen würden?
Zusammengeschlagen und gewürgt wurde sie von einem ganz anderen Mann zwanzig Stunden früher! Bei dem schlauchartigen Zuschnitt dieser Wohnung ist es unwahrscheinlich, dass sie, wenn ihr jemand

Gewalt antut, die Polizei verständigen und die Eingangstür erreichen kann.

Sie suchte jemanden, den sie für ihre blauen Flecken verantwortlich machen konnte und würde gleichzeitig mit der Verhaftung signalisieren, dass sie sich vom Drogendealen distanzierte.

Ein gewagtes Unterfangen!

Unsere Vermutung wurde bestätigt, als eine Streifenwagenbesatzung nach einer knappen Stunde wiederum hier her kam und unsere Mieterin nachdrücklich zur Vorsicht in dieser Nacht ermahnte, da der Verhaftete bei dem kurzen Verhör glaubhaft vortrug, erst nach dem Absetzen des Notrufs bei ihr eingetroffen zu sein. „Woher wissen sie, wann ich angerufen habe," fragte sie. „Notrufe werden in der Hauptwache aufgezeichnet." „Aha."

Wir ließen in dieser Nacht wieder das Licht an mehreren Stellen brennen, aber ich hatte damals bereits einen Punkt erreicht, wo meine Besorgnis und panikartige Angst seltener auftraten.

Zwei Fragen beschäftigten mich in erster Linie: Wie kann man so unklug sein, einen Drogendealer und Waffenhändler einer Körperverletzung zu bezichtigen, die er nicht beging? In zweiter Linie beschäftigte mich die Frage, was jemandem passieren kann, wenn

zwischen Notruf und Polizeieinsatz fast eine halbe Stunde vergeht, wie in diesem Fall. Man könnte längst tot sein!
Zu gefährlichen Einsätzen rückt nie eine Streifenwagenbesatzung allein aus. Das weiß ich von meiner Radiosendung mit der Polizeimeisterin. Ehe jedoch zwei Streifenwagen frei sind, kann jegliche Hilfe zu spät kommen.
Die brauchte Britta Peters an diesem Abend nicht und alles blieb ruhig.
Nach dem Ausschalten des Dealers übernahm zweifellos sie dessen Part.
Der Transport der Ware erfolgte in Katzenkörben.
Ihre verängstigte, weiße Perserkatze wurde mehrmals wöchentlich an andere Orte verbracht. Zusätzlich hatte sie zeitweise eine junge, schwarz-weiß gemusterte Katze in ihrer Wohnung. Eine offensichtlich alte Bekannte trat jetzt erstmals in Erscheinung.
Vom Gesichtsschnitt kann es eine Schwester von Uta sein. Wir nennen sie „Zahnlücke." Sie ist in gleichem Alter wie die beiden Frauen, trägt lockige Pferdeschwanzfrisuren aus dem Versandhandel.
Die häufigsten Katzenkorbtransporte führte sie durch und wurde meist von einem etwa fünfjährigen Kind begleitet. Fröhlich hüpfend

trug die Kleine die Katze in ihrem Behältnis vor sich her.

Wie die Videoaufzeichnungen belegen, erfolgen Transporte zu jeder Tageszeit. Die „Zahnlücke" mit Kind holte meistens frühmorgens eine Katze ab, seltener an Spätnachmittagen.

In den frühen Abendstunden kam unregelmäßig ein junger, athletischer Mann mit Rucksack und Kleintierbehältnis in einem Taxi vorgefahren. Das Auto wartete, während er in der Wohnung der Peters war. Er verließ das Grundstück mit beiden Behältnissen wieder.

Sie selbst und ihr Ehemann, der durch das Weitertragen der Lebensverhältnisse der Britta Peters an ihren zukünftigen Vermieter einen Auszug zum ersten November verhinderte, verließen anschließend für eine Stunde mit einem Katzenkorb die Wohnung und kamen ohne wieder.

Manchmal wurde eine der Katzen zusammen mit Freundin Ute anderswohin verbracht.

Der Bruder wartete im Auto. Er hielt sich hier nicht länger als nötig auf. Wir glauben, den Grund zu kennen.

Auch andere, bisher nicht in Erscheinung getretene Personen mit auswärtigen Kraftfahrzeugnummern kümmerten sich in ungewöhnlicher Weise um die Katzen der Peters.

Männerbesuche gab es nicht mehr.
Zumindest kamen keine Männer mehr ohne Kleintierbehältnisse.
Am Tage vor der Verhaftung des Drogendealers wurde ich von zwei Türken angesprochen. Als ich von einer kurzen Besorgung zurückkam, bemerkte ich sie vor dem Haus. Sie beobachteten, in welche Tür ich ging. Scheinbar kannten sie die Peters nicht persönlich, sondern wussten nur, hinter welchem Eingang ihre Wohnung liegt.
Sie riefen mich.
Ich ging zum Tor zurück. Sie hätten das Schild im Schaukasten gesehen, dass hier ab 1. 1. Räume frei würden. Sie würden gerne eine Dönerstube aufmachen. Ob man so etwas hier aufziehen könne. „Im Prinzip ja, aber die Räume sind denkbar ungeeignet dafür. Die liegen ja viel zu weit von der Straße zurück!"
Doch, dies sei ein geeigneter Platz dafür, hörte ich mein Gegenüber sagen. Er hätte schon einen Imbiss in einem anderen Stadtteil. Er beschrieb mir die Lage. Ich kannte das große, repräsentative Ladenlokal an einer Hauptkreuzung. Dass ich diese Lage hier für denkbar ungünstig halte, wiederholte ich und fügte hinzu, dass wir nur noch an Leute vermieten, die wir kennen. Er wäre doch Geschäftsmann, das sei ja etwas anderes. Sein Sohn habe

studiert - Maschinenbau, versuchte er mich umzustimmen. Ich lehnte so höflich und bestimmt, wie es mir ratsam erschien, ab, wiederholte noch einmal, dass wir nur noch an jemanden vermieten würden, der uns bekannt sei. Mit der derzeitigen Mieterin habe es unbeschreibliche Probleme gegeben.

Er würde noch einhundert Euro mehr Miete bezahlen, als sie und pünktlich! „Das ist nicht das Problem," erwiderte ich. „Wir haben eine Menge Geld für Sicherheitsanlagen ausgeben müssen und an Anwaltskosten. Sie sehen ja die Überwachungskamera!"

Ich wies auf die große, außen angebrachte, lampenähnliche Kameraattrappe hin. „Und dann die dauernden Polizeieinsätze! Nein, danke, das reicht."

Er fragte: „Ist Hure?" Ich zuckte die Achseln. Im Übrigen habe mein Mann die Entscheidung, wer als Mieter genommen werde. Wir könnten gern alle zusammen Tee trinken oder nachbarschaftliche Beziehungen pflegen, aber diese Räume sind für eine Dönerstube ungeeignet. Er erbat unsere Telefonnummer, um eine Entscheidung später zu erfragen. Ich hörte nichts mehr von ihm. Seine Visitenkarte oder seinen Namen gab er mir nicht.

Das Gespräch hat nach der Videoaufzeichnung sechs Minuten gedauert. Mit den Händen

abwehrend in der Luft fuchtelnd stehe ich vor den Beiden. Mein Gesprächspartner war eine imposante Erscheinung, dunkelblauer Mantel, weißer Schal, kleine, graue Strähne im dichten, dunklen Haar. Er erinnerte mich an einen Schauspieler. Der Schweigsame neben ihm hinterließ einen unangenehmen Eindruck.
Britta Peters beobachtete uns während dieses Gesprächs nicht, in dem es um die Räume ging, die für vieles günstig gelegen sind, weil sie, wie sich später herausstellte, in der vorherigen Nacht zusammengeschlagen worden war.
In diesen Räumen zu wohnen, müsste für sie zum Horror geworden sein.
Die am Abend dieses Tages durch sie veranlasste Verhaftung hatte strategische Gründe. Wird jemand mit geringen Mengen Haschisch angetroffen, gibt es kein Verfahren. Wie das im Wiederholungsfall aussieht, der Dealer soll ja schon eingesessen haben, entzieht sich meiner Kenntnis.
Die Behauptung, sie sei von ihm geschlagen und gewürgt worden, wird Britta Peters Chancen, als Gewaltopfer Entschädigungen durch den Weißen Ring zu erhalten, erhöhen. Ob der erste Versuch in dieser Richtung erfolgreich war, kann nicht gesagt werden. Einen Tag nach der Dealerverhaftung rief ich den

Kriminalbeamten der Drogenfahndung an. Inzwischen waren zehn Tage nach der ersten Kontaktaufnahme vergangen und außer einer, wie sich später herausstellte, zwei fehlgeschlagenen Besuchen bei uns war nichts geschehen. Ich teilte ihm mit, dass er sich nicht weiter bemühen müsse, um Erkenntnisse über den Besucher bei Britta Peters zu erlangen; seine Personalien lägen den Kollegen auf der Wache Süd–Ost nach dessen vorübergehender Festnahme vor. Ich berichtete weiter über meine Beobachtungen der in letzter Zeit ungewöhnlich häufig durchgeführten Katzenkorbtransporte, immerhin seit Anfang Dezember fast jeden zweiten Tag ein oder zwei Aktivitäten und die neuerdings ungewöhnlich vielen Personenwagen mit Unnaer Kennzeichen vor unserem Haus.

„Ach, jetzt kommen sie mir auch noch mit Katzenkörben!" „Dass ihnen das nicht verdächtig vorkommt, habe ich mir schon gedacht. Wie würden sich Drogenhunde angesichts einer Katze verhalten? Ihnen kommt sicher auch nicht verdächtig vor, dass Autofahrer, nachdem sie wissen konnten, dass ich deren Kennzeichen notierte, nicht mehr anhielten, sondern wiederholt vorbeifuhren bis sie einen Fahrgast aufnahmen." „Dann sagen sie mal ein paar Nummern." Ich nannte zwei, betonte jedoch ausdrücklich, die seien aus meinem Gedächtnis. Um sicher zu gehen, hätte ich in meinen Aufzeichnungen nachschauen müssen.

Sein Desinteresse war deutlich spürbar und so sagte ich: „Sie haben bestimmt Verständnis dafür, wenn ich mich über sie beschweren werde. Einerseits wird dazu aufgerufen, die Augen auf zu halten. Wenn dies jedoch getan wird, stoßen die Beobachtungen auf Desinteresse. Als sie mit ihrem Kollegen hier waren, haben sie, das wurde von der Kamera aufgezeichnet, einige Zeit bei der Peters durch die Tür geschaut. Auffälliger ging es nun wirklich nicht! - Stimmt, das wurde auch aufgezeichnet. - Aha, die beiden Unbekannten am frühen Morgen waren sie und ihr Kollege? Tut mir leid, wenn sie auch dieses Mal nicht zu uns rein kamen. Ich war in diesem Moment bei meinen Hühnern. Sie wollten doch vorher telefonieren!" Seine Stimme klang beim Verabschieden bedrückt.

Ich beschwerte mich über diesen Kriminalbeamten und hörte erst vierzehn Tage nach dem Auszug der Peters etwas von der Polizei.

Inzwischen übernahm hier die Rothaarige verstärkt die Katzentransporte.

Die „Zahnlücke" und die Peters schienen zerstritten zu sein, denn sie grüßten einander

nicht mehr. Zuvor war ich von der Frau mit der Fünfjährigen wiederholt telefonisch belästigt worden bis zu dem Abend, an dem ich angerufen wurde und Klaus in den Wintergarten ging, um durch das auch bei den in diesem Winter herrschenden tiefen Minustemperaturen stets geöffnete Küchenfenster zu hören, dass der Anruf von unten kam. Er verständigte mich davon. Mit einer von denen bestimmt nicht vermuteten Schärfe und einer Drohung beendete ich das Gespräch.
Die Telefonate unterblieben.
Während der Zeit des Dealens kamen weitgehend Südländer, deren Interesse weniger körperlich denn geschäftlich zu sein schienen.
Mitte Dezember verstarb ihr Vater; zwei Tage zuvor war er noch hier.
Weihnachten verlief ruhig. Sie hielt sich wenig in ihrer Wohnung auf.
Teile eines Telefonats ließen uns hoffen: „Bebelstraße. - Ja, der wohnt ein Stückchen weiter. Ich zieh doch nicht wieder mit dem zusammen! Frank kommt in die Wohnung nicht rein! Das habe ich schon mit der Vermieterin besprochen! Wenn mein Mann mir nachläuft und das Unruhe macht, holen entweder ich oder sie die Polizei! - Die Miete zahlt das Sozialamt. Die Wohnung läuft ganz auf meinen Namen, da kann auch Heinz nicht

mit einziehen. Morgen um elf Uhr zeige ich dir den Mietvertrag. Mein Mann, der Türke und Heinz helfen morgen."
Es hörte sich nach Umzug an.
Ich verbot mir, mich zu freuen. Am 1. November sah auch alles verheißungsvoll aus und scheiterte, weil sie mit dem brutalen Typen um die Häuser gezogen war. Danach erfolgte das Telefonat, in dem ihr offensichtlich die zugesagte Wohnung wegen Bekanntwerdens ihres Lebenswandels nicht gegeben wurde.
Ich werde mich erst freuen, wenn die wirklich hier weg ist!
Am 29. 12. brachte sie einen Wäscheständer hinaus.
Am 30. 12. fand der letzte Katzenkorbtransport statt. Der Weihnachtsschneeschaum wurde durch Uta von den Eingangstürscheiben entfernt.
Am 31. 12. öffnet Britta Peters um 8:31 Uhr beide Tore weit.
Um 9:48 Uhr fuhr ihr Bruder den Leihtransporter in die Einfahrt!
Es halfen nicht ihr Mann, nicht der Türke und auch nicht Heinz, sondern Uta, ihr Bruder und, wie sich kurze Zeit später herausstellte, ein Neffe. Der große, sehr schlanke, junge Mann mit dunkelbraunem Mozartzopf war zuvor noch nie hier.

Es war sehr kalt und schneeglatt.
Die beiden Männer schleppten die Möbel, die vorwiegend Uta abschraubte oder zerlegte. Der Auszug verlief wie am Schnürchen. Am frühen Nachmittag verließ der bis zur Plane vollgestopfte Kleintransporter das Grundstück.
Die Frauen blieben in Beckum, während die Männer noch einige Teile aus der Garage mit dem Pkw des Bruders transportieren mussten.
Meine Schwägerin und mein Bruder erboten sich, uns bei der Wohnungsübergabe zur Seite zu stehen. Die Ablösesumme war noch zu zahlen. Wir zögerten, sie den Männern zu übergeben. Er sei von seiner Schwester dazu autorisiert worden, wurde behauptet. Der junge Mann bestätigte dies. Es entstanden Momente des Zögerns, in denen der Junge unruhig wurde.
Wir standen in der geöffneten Eingangstür, als es lauter wurde, weil mein Bruder Bedenken äußerte. Der junge Mann taxierte den sehr viel Älteren von Kopf bis Fuß, zog langsam drohend seine Jacke aus und klappte im nächsten Moment wie ein Taschenmesser zusammen. Bevor er zuschlagen konnte, hatte ihm mein Bruder drei schnelle, gezielte Schläge in die Magengrube versetzt.
Unsere ältere Mieterin hatte die Szene am Fenster stehend beobachtet, öffnete die

Scheibe und rief: „Nu, was ist denn da los? Gibt es Klopperei?" Die Angst vor einem möglichen Polizeieinsatz ließ den Bruder der Peters zu seinem Auto eilen. In Auseinandersetzungen mit der Polizei verwickelt zu werden, konnte er sich offensichtlich nicht erlauben. Das hatten wir schon seit einem Monat beobachtet, als denen durch das Schreiben unseres Anwalts bekannt gemacht wurde, dass wir die Kripo verständigt hatten.
Sein Neffe folgte ihm zum Fahrzeug.
Nach kurzer Zeit kam der junge Mann mit einem Stilett, das er im Ärmel verbarg, zurück. Wir besprachen die Formalitäten, zu denen ihnen das Geld ausgehändigt würde. Er musste unterzeichnen, dass er gehört hatte, wie Frau Britta Peters ihren Bruder, Herrn Brumann, beauftragt habe, das Geld mitzubringen. Danach holte er seinen immer noch im Auto sitzenden Onkel. Der bestätigte den Empfang der Ablösesumme und hatte es eilig, wieder in seinen Pkw zu gelangen. Scheinbar war er unsicher, ob die Beobachterin am Fenster die Polizei von der Rangelei verständigt hatte.

Die Wohnung stank nach Zigarettenqualm, die Tapeten waren vergilbt, der Teppichboden unbrauchbar, aber schlimme Beschädigungen im Bad oder an der Gastherme, wegen der ich während der gesamten Monate tiefe Besorgnis

hegte, hat es nicht gegeben.
Auch kein Ungeziefer!
Ich war stolz auf meinen Bruder!
Stolz, dass der drei Mal Ältere durch sein Prinzip, Angriff ist die beste Verteidigung, obsiegte.
Stolz darauf, diesen Leuten gezeigt zu haben, dass auch wir ihre Sprache zu sprechen verstehen.
Die zwei Männer waren sichtbar beeindruckt!
Unbegreiflich ist, dass der junge Mann wegen fünfhundert Euro offensichtlich bereit war zuzustechen.
Es wurde ein erleichterter Silvesterabend.
Das neue Jahr konnte nur besser als die letzten fünf Monate des alten werden!
Ich hörte dauerhaft zu rauchen auf.
Als ich schon gar nicht mehr damit rechnete, kam jemand von der Kripo. Wegen der Beschwerde müsse man sagen, dass es einfach zu wenige Beamte gäbe, aber, so sagte er, ich könne versichert sein, dass man die Grundstücke hier kenne, besonders das Nachbargrundstück. „Wegen der Einbrüche dort?" „Ja, aber auch so!"
Die Überwachungsanlage behielten wir noch bis Ende Januar. Es wurde nichts Ungewöhnliches aufgezeichnet.

Die Sicherheitsfirma berechnete das Ausleihen nicht, weil sie Klaus beruflich kannten, wir so lange warten mussten und es ein sehr altes Gerät war.

Das Leben vor unserer Tür verlief wieder wie vor dem Einzug der Peters. Die beiden zurückliegenden Eingangstüren wurden nicht beachtet. Wir entfernten das Anti-Aids-Plakat aus dem Schaukasten.

Sehr geehrter Herr Niemann
Heute Nachmittag werde ich ein lange verschobenes Vorhaben in die Tat umsetzen und ihnen persönlich für ihr Engagement und geschicktes Vorgehen im Falle der Britta Peters danken.

Zu Beginn des Jahres war es zu kalt und die Auswahl von Blumen äußerst eingeschränkt. So wurde die Abgabe eines Blumengrußes immer wieder verschoben.

Fünf Monate mit B .P. – heute fast genau fünf Monat ohne, das sollte ein Aufhänger sein für einen kurzen Besuch in ihrer, wie ich inzwischen erfuhr, ehemaligen Praxis.

So auf diesem Wege ein Gebinde.

Rückblickend kann ich sagen, dass die Zeit nach B. P. mir viel kürzer erscheint, als die gleichlangen „Horror- und Terrormonate".

Zu diesem Empfinden hat mit Sicherheit die, ihrem diplomatischen Geschick zu verdankende, vorzeitige Beendigung des Mietverhältnisses beigetragen.

Im vergangenen Monat wäre ja wohl der früheste Verhandlungstermin zu erwarten gewesen. So hatten wir inzwischen geschenkte Zeit. Geschenkte Zeit für unseren wunderschönen Garten und viele sonstige, noch bewusster wahrgenommenen, positiven Lebensbedingungen und Tätigkeiten.

Inzwischen trifft auch keine Post von Versandhäusern mit verschiedenen Namensvarianten in Anlehnung an ihre verschiedenen Nachnamen mehr ein. Der Vorname war immer der richtige!

Ob ich in unserem letzten Telefonat von der hier erfolgten Verhaftung eines Drogen- und Waffenhändlers berichtet habe, ist mir entfallen. Das war der Abend mit drei Polizeieinsätzen und vier Streifenwagen.

Auch die tätliche Auseinandersetzung und die verhinderte Messerstecherei am Auszugstag sind inzwischen Geschichte.

Seit drei Monaten sind die betreffenden Räume an ein Ingenieurbüro vermietet. Diesmal hatten wir das Glück, das wir, wie ich meine, auch verdienen. Glück und Erfolg wünschen ihnen, sehr geehrter Herr Niemann, für ihr neues Betätigungsfeld und bedanken sich nochmals herzlichst

Ellen und Klaus Gerdes.

PS.: Leider ist mir ein persönliches Kennenlernen versagt geblieben. Zeitweise war ich sehr neugierig auf den „Diplomaten Herrn Niemann."

An einem Sonntagnachmittag

Sie schaute ihm lange und tief in die Augen, öffnete ihre Seele und bot sich an. In ihrem Unterleib kribbelte es wohlig warm. Sie unterdrückte einen Seufzer.
Dieser verlockende Blick hatte selten seine Wirkung verfehlt, wurde bewusst eingesetzt und sollte auch an diesem Sommernachmittag erfolgreich sein.
Die Sitzplätze an dem kleinen, mit einer Stirnseite an die Wand des Schrebergartenhäuschens angelehnten Tisches waren so angeordnet, dass sie ihn, unbemerkt von der anderen, wie sie meinte, verheißungsvoll anschauen, auf sich aufmerksam machen, Begehrlichkeiten wecken und eine Brücke schlagen könnte zu einem Weg, den er von sich aus nicht beschreiten würde. Er hielt ihrem Blick stand und sie hoffte, er würde ähnlich intensive Empfindungen wie sie selbst haben.
Wortlose Verständigung, Momente der Glückseligkeit, Übereinstimmung.
Widerwillig riss sie sich, nach endlosen Augenblicken, von seinem ebenmäßig geformten Gesicht los, von seinen Blicken, die signalisierten, dass er das Angebot registriert hatte. Sie hätte viel dafür gegeben, wenn sie jetzt allein gewesen wären, wenn die andere

nicht da gesessen und unbefangen Belanglosigkeiten erzählt hätte.
Wovon redete die überhaupt?
Sie nahm die Stimme wie durch einen Nebel wahr, der Geräusche dämpft und die Sicht trübt. Ihre Augen funkelten, als sie flüchtig zur Gegenübersitzenden hinübersah, um danach den Blick wieder in Richtung der Gartenfläche und dieses Mannes zu lenken. Der schaute sie an, ihre Blicke versanken ineinander, Begierde entflammte neuerlich und vertiefte sich. Mehrmals gelang es ihr, an diesem trüben Sonntagnachmittag diese Gefühlswallungen hervorzurufen.
Ihr Gegenüber bemerkte nichts, erzählte von den bevorstehenden Ferien, überlegte, welche Kleidung mitzunehmen sei und war gänzlich mit sich selbst beschäftigt. Liebend gern hätte sie sie schon in diesem Augenblick in den Urlaub gewünscht, um die Früchte der Saat zu ernten, die sie wachsen sah.
Einige Wochen zuvor hatte sie begonnen, den Boden zu bereiten, hatte ihm ein Angebot gemacht, nicht so deutlich wie an diesem Tage, und war unsicher, ob er die Signale gespürt hatte. Sie wartete vergeblich auf seinen Anruf. Ihre Stimme war weicher, fast zärtlich, wenn sie ihren Namen in den Hörer sprach, um hernach betrübt zu klingen.

Sie erschrak leicht, als sie die andere vernahm, die sie schneidend, wie sie es empfand, aus einer Wunschwelt in die Realität zurückrief und sagte: „Komm, Werner, lass uns gehen. Wir wollen hier keine Wurzeln schlagen! Ich glaube, es war lange genug!" „Ach, bleibt doch noch ein bisschen, wenn ihr sonst nichts vorhabt", hörte sie sich antworten. „Ich wäre froh, wenn ihr mir noch Gesellschaft leisten würdet!" „Lass es für heute gut sein, Irene! Wir räumen noch schnell den Tisch ab und spülen!" „Spülen kann ich morgen. Dann habe ich wieder ein Ziel! Aber, Doris, seht euch doch noch an, wie ich deine Bilder gehängt habe. Ich habe es anders gemacht, als wir es beim Aussuchen besprochen haben. Aber ich finde, dass es so, wie sie jetzt angebracht sind, optimal ist. Ich bin ja mal gespannt, was ihr dazu sagen werdet!"

Als Irene die Wohnungstür öffnete, fragte sie: „Wo ist Werner? Interessiert ihn nicht, wie deine Bilder hier wirken?" „Scheinbar nicht, er wollte im Auto bleiben. Wir wären lange genug zusammen gewesen, meinte er! Ich solle nur schnell mal begutachten, wie du sie angeordnet hast."

Sie gingen in das Gästezimmer und Doris erlebte die Wirkung ihrer abstrakten, sanftfarbenen, über dem Bett hängenden Bilder. Sie harmonierten mit dem Bettüberwurf. Dass Irenes Kinder davon begeistert seien, besonders von dem neben dem Fenster, hörte sie die Wohnungsinhaberin sagen, die ihre Enttäuschung verbarg, dass Werner nicht mit hereingekommen war. Sie hatte auf eine Intensivierung des Angebots gehofft, hatte auf der Herfahrt überlegt, wie die geeignetste Sitzanordnung zur ungestörten Wiederaufnahme der tiefen Blickkontakte sein würde und erlebte nun, dass er es vorgezogen hatte, im Auto zu warten. `Kann jemand wirklich so schwer verstehen? Ich habe mir das Feuer in seinen Augen eben doch nicht nur eingebildet! Gerade jetzt, wo deren Urlaub bevorsteht, ist es wichtig, noch einmal nachzusetzen! Er darf mich während der Trennung nicht über all den neuen Eindrücken und Erlebnissen vergessen. An mich soll er denken, wenn er mit ihr zusammen ist! Ich möchte an mein Ziel gelangen und nicht jedes Mal auf halber Strecke stehen bleiben,´ schoss es ihr durch den Kopf.

Die beiden Frauen verabschiedeten sich und Irene erinnerte noch einmal daran, dass sie einen Kuchen für Doris backen und ihr bringen würde. Dies wäre die, für die nächsten Wochen, letzte Chance Werner zu erreichen. Würde sie telefonieren, wäre mit großer Wahr-

scheinlichkeit Doris am Apparat.
Leider waren die Beiden von jener aussterbenden Gattung handyloser Menschen, sodass es schwer für sie war, ihn allein zu sprechen.
Sie litt unter ihrem Verlangen, litt unter den langen Wochen ohne Erfüllung.
Als sie nach dem Schicksalsschlag allein stand, war sie benommen, betäubt, agierte automatisch, leblos. Sie wurde von Kummer niedergedrückt, zwang sich zu funktionieren. Warum gerade ihr das passieren musste, fragte sie sich und der Gedanke, kein Einzelfall zu sein, tröstete nicht.
Wenn sie nicht in ihrem Schmerz versinken wollte, musste sie ein neues Leben beginnen, neue Kontakte knüpfen, wurde ihr klar.
Sie beschloss, zu Eröffnungen von Kunstausstellungen zu gehen, vermehrt Fahrradtouren zu unternehmen, besuchte regelmäßig Gottesdienste.
Der Trost der Kirche, ihrer Kinder und Bekannten wirkte flach, war nur eine kurze Ablenkung.
Nichts würde werden, wie es eine lange Zeit hindurch gewesen war. Ihre vorherige Beziehung war unwiederbringlich beendet. Aus ihrer Einsamkeit suchte sie einen Ausweg und fand diesen Mann. Gutaussehend, schlank, mit eher blonden als grauen Haaren, unternehmungs-

lustig und unproblematisch, wie ihr bekannt war. Er hatte Zeit für Unternehmungen und zudem ein kultiviertes Auftreten. Kurz, er war der ideale Partner für sie. Er gefiel ihr und sollte einen festen Platz in ihrem Leben finden. So hatte sie es immer gehalten! Während der vielen Jahre, als sie die Kinder allein erzog, brauchte sie häufig eine Schulter zum anlehnen, brauchte etwas zurück von der Zuwendung, die sie ihnen angedeihen ließ.
Sie fand das, was sie suchte, vielerorts, in Kneipen, in denen sie ihr Alleinsein mit einem Bier herunterspülte, an ihrer Arbeitsstelle, beim Sport und im engsten Familienkreis. Immer konnte sie auf die Wirkung dieses Blickes, der Seligkeit verhieß, vertrauen. Sie, die eigentlich kein bevorzugter Männertyp war, wegen ihres kräftigen, hochaufgeschossenen Körpers, der einmal jemanden veranlasste zu sagen, wenn sie ein Mann wäre, würde man sie als gutaussehend bezeichnen, bediente sich Signalen, die hinter ihrem braven Erscheinungsbild tiefe Sinnlichkeit offenlegten. Davon zeugten ebenso ihre vollen, geschwungenen Lippen.
Sie bevorzugte Verheiratete.
Verhältnisse mit gebundenen Männern erschienen ihr unproblematischer und zugleich reizvoller.

Unproblematischer, weil sie von ihnen Verständnis für ihre Kinder erwarten konnte und weil sie selbst keine Verpflichtungen übernehmen musste. Sie konnte genießen und der Gedanke, jemand anderem das zuzufügen, das ihr zuvor selbst geschehen war, verstärkte den Reiz.

Verhältnisse mit ledigen Männern gab es eigentlich nur zwei, wenn sie sich recht erinnert. Einen traf sie in einer Gaststätte. Obwohl er durchaus in heiratsfähigem Alter war, schien er von seiner Mutter dominiert, bei der er lebte. Sie schliefen einige Male zusammen, wobei sie sich mehr Erfahrung auf seiner Seite gewünscht hätte. Ihm ein erweitertes Spielfeld sexueller Möglichkeiten zu zeigen, empfand sie gleichwohl prickelnd, jedoch stellte er, ohne Gründe zu nennen, die Beziehung ein. Sie sah ihn noch ein paar Mal in der Gaststätte. Er lächelte ihr zu, kam jedoch nicht herüber, unterhielt sich mit seinem Thekennachbarn, wenn sie an seine Seite rückte. Sie erkannte, dass es vorbei war und der Gedanke, er und sein Zechkumpan würden über sie witzeln, schmerzte.

Der zweite Unverheiratete, auf den sie sich besinnt, war der Bruder ihrer Freundin - erklärter Junggeselle, Frauenkenner, in seinem wenig geordneten Haus allein lebend. Sie schliefen eigentlich noch weniger häufig zusammen als mit dem anderen Junggesellen. Er soll gesagt haben, sie wisse, was sie wolle, während ihr erinnerlich ist, dass sie wenig Lust verspürte, Ordnung in sein Leben zu bringen. Sie trafen sich bei verschiedenen Anlässen, waren sich weiterhin nicht unsympathisch, aber knüpften an ihre sexuellen Erlebnisse nicht wieder an.

Ihre anderen Verhältnisse endeten meist ebenfalls nach kurzer Dauer, blieben, bis auf zwei, von den Ehefrauen unbemerkt.

Trennungsschmerz kannte sie und wusste, dass der letzte immer der schlimmste ist. Aber so wie dieses Mal hatte sie noch nie gelitten und musste um so schneller einem befriedigenden Kontakt zu diesem befreundeten Mann knüpfen.

Doris würde sich nicht als Schwierigkeit erweisen. Die würde nie auf die Idee kommen, dass sie und Werner etwas miteinander hätten. Zu groß sind Zutrauen und Zuneigung zu der wenig Jüngeren. Manchmal kommt ihr Doris ziemlich naiv vor mit ihrem starken Glauben an das Gute. Einmal sagte sie, Werner sei zu wirklichen Boshaftigkeiten gar nicht fähig! Die Idealistin! Jeder Mann, in der richtigen Weise angesprochen, ist zu einem Seitensprung bereit, weiß sie aus allererster Erfah-

rung! Warum ausgerechnet Werner nicht? So alt ist er doch noch nicht, um mein Angebot auszuschlagen, überlegte sie. Manfred war ja auch nur einige Monate jünger!
Die Träumerin würde nicht bemerken, wenn auf gemeinsamen Fahrradtouren zwei zurückbleiben und sich über sie lustig machen würden. Ein Fahrrad hatte sie schon bei den Beiden abgestellt.
Als guter Zug im Spiel würde sich erweisen, dass sie angekündigt hatte, in Zukunft auch vermehrt an Vernissagen teilnehmen zu wollen. Man würde zu dritt erscheinen und später würde nur wenige wundern, dass Doris nicht mehr dabei ist.
Selbst Doris´ Malerei ließ sich für den Zweck nutzen, die ehemalige Freundin, die seit geraumer Zeit Rivalin ist, hinters Licht zu führen, in Sicherheit zu wiegen. „Doris, mein Schmerz ist so tief, wie du es dir nicht vorstellen kannst! Er ist unerträglich! Ich glaube, verrückt zu werden, wenn ich nicht aktiv bin. Jeden Vormittag erledige ich etwas, um abgelenkt zu sein. Das zweite Bett im Schlafzimmer störte mich und es wühlte mich auf, wenn ich es sah. So dachte ich, es ist besser, wenn ich es abbaue und ins Gästezimmer stelle. - Ja, das habe ich schon erledigt. - Ja, alleine. - Links neben die Tür mit

dem Kopfende ans Fenster. - Ich hab ja Kraft! - Das sieht ganz gut aus. Mit dem Bettzeug habe ich eine Rolle gemacht und die Tagesdecke darübergelegt! Nun ist die Wand leider noch kahl. Bevor ich mir irgendwelche Drucke kaufe, wollte ich dich bitten, mir einige deiner Bilder dafür zur Verfügung zu stellen."

Sie merkte, dass Doris zögerte, die in diesem Moment dachte, dass Irene bisher eher abfällig über ihre Malerei gesprochen hatte: „Wieder ein typischer Doris Brackel! Immer deine Farben und Formen!" „Das kann mir nur schmeicheln, wenn du so etwas sagst! Aber bitte schön, in welchen Farben und Formen soll ich deiner Meinung nach malen, wenn nicht in den mir inneliegenden?"

„Deine Bilder würden mich trösten!" fuhr Irene fort. „Aha?" erwiderte Doris ungläubig, die mit Zuhören und mit Worten versuchte, der Freundin beizustehen und überrascht war, dass gerade ihre Bilder Trost spenden sollten.

Als Irene in einem weiteren Telefonat ihre Bitte wiederholte, verabredeten sie sich, um geeignete Bilder auszusuchen.

Bei der Gelegenheit brachte sie einen Mantel von Manfred mit, der von besonderer Qualität und knitterfrei sei und den sie schon telefonisch angepriesen hatte. Hierüber war Doris

ebenso erstaunt, wie über den Bilderwunsch. Als sie nicht sofort auf das Angebot einging, fragte Irene: „Oder glaubst du, dass Werner ihn nicht haben möchte? Ich habe ihn in die Reinigung gebracht! Er ist wirklich ein ganz gutes Teil! - Der passt bestimmt; es ist ein Raglan-Schnitt!" Doris hegte still ihre Zweifel, wollte der Freundin nicht weh tun durch den Hinweis, dass deren Urteil fern jeder Realität läge.
Als Werner den Mantel anprobierte, hing das gute Stück an ihm herunter und war mehrere Nummern zu groß. Doris´ und Werners Schwiegersohn passte der Burberrys´! Das Ehepaar Brackel schien die Marke nicht einmal zu kennen!
Irene suchte verstärkt Gelegenheiten, über die häufigen Telefonate hinaus, Werner und Doris zu treffen. Sie beschloss eine körperliche Annäherung zumindest bei einem der Beiden.
Mehr als vier Jahrzehnte hat sie deren Beziehung betrachtet, hat als Außenstehende Anteil an deren Leben gehabt und wollte jetzt dazugehören!
Schon in jüngeren Jahren, als sie gemeinsam feierten und verreisten, gab es einige Versuche, Werner besitzen zu wollen, aber der nahm sie nicht sonderlich wahr, war vernarrt in Doris, die die inzwischen geschiedene, ehemalige

Klassenkameradin in den Kreis ihrer Freunde einbezog. Während einer der häufigen Feiern beim Tanz mit ihm, zu dem Doris ihn veranlasst hatte, damit die Freundin sich nicht langweilen sollte, ergriff diese die Gelegenheit und küsste ihn lange und er erwiderte ihren Zungenkuss. Sie waren für Ewigkeiten in einander versogen, bis Doris ihnen die Nasen zuhielt und sie, um Luft zu schnappen, voneinander lassen mussten. Ihr war es egal, dass die anderen Gäste Zuschauer waren. Sie fühlte intensiv und hatte Verlangen.
Doris sprach nie über diesen Kuss und Irene verschwieg ihre Wut über die eifersüchtige Freundin, die die beiden unter dem Applaus der anderen Gäste auseinander gebracht hatte.
Auf einer Fete bei einer anderen Freundin von Doris, an der die Brackels wegen eines Urlaubs nicht anwesend waren, sorgte Irene für Gespräche in dem kleinen Ort. Die Männer applaudierten, als sie zu vorgerückter Stunde, bar jeglicher Bekleidung, in den Swimmingpool stieg. Sie meinten, dieses Weib hielte, was es verspräche, da bliebe es nicht beim Vorspiel.
Alle hatten um den Pool herum gestanden, den milden Abend gerühmt und geulkt, nackt ins Wasser zu steigen. Es tat niemand, außer ihr, die sich im Hintergrund hielt bis sie dem

Wunsch, sich ihrer Kleidung zu entledigen, nachgab und die Leiter zum Schwimmbecken hinaufstieg. Ihr war sehr wohl dabei. Einem großen Erstaunen folgte der Applaus. Sie schwamm einige Runden, um beim Verlassen des Wassers erneut die Blicke auf sich ruhen zu spüren. Sie bewegte sich langsam. Die anwesenden Frauen sagten zur Gastgeberin: „Das ist ja vielleicht eine! Woher kennst du die? - Doris ist mit der befreundet? - Würde die das auch machen? - Kann ich mir eigentlich nicht vorstellen! - Das ist doch wohl was anderes, als in die Sauna zu gehen!"
Als Doris Irene nach der Begebenheit fragte, antwortete die: „Meinst du, ich stehe da herum und theoretisiere wie die anderen. Ich hab es einfach gemacht!"
Gern hätte sie es auch mit Werner einfach gemacht, sagte jedoch: „Werner könnte mich nicht reizen. Überhaupt, im Freundeskreis könnte ich so etwas gar nicht tun! Es ginge nicht, würde nicht funktionieren!" Doris misstraute ihr schon damals in diesem Punkt, weil Irene ihr von ihrem kurzen Verhältnis mit ihrem Schwager erzählt hatte!
Irene hatte diese Begebenheiten kaum noch in Erinnerung!
Das war Vergangenheit!
Was jetzt notwendig war, hatte sie eingeleitet!

Werner hätte Zeit, wenn Doris ihren verschiedenen Hobbys nachginge. Da ist der Chor und die Filmerei, für die sie sich seit kurzem begeistert. Der Filmschnitt ist ganz besonders zeitintensiv und geschieht außer Haus. Die Andere geht den Dingen nach, die ihr Freude bereiten, während sie und Werner ihrer eigenen Lust frönen würden. Sie wüssten in jedem Fall, wie viele Stunden seine Frau weg bliebe. Lange genug für die, leider nicht kurze Fahrt und ein intimes Treffen ohne Zeitdruck. Bis zu dem Tag, an dem sie ihr Verhältnis öffentlich machen würden, müsste sie sich mit den, im Terminkalender der Rivalin ausgewiesenen Zeiten begnügen!
Der Gedanke an Werner beglückte sie und sie malte sich aus, wie es mit ihm wäre.
Sie würde ihnen ein Liebesnest bereiten und wenige Zeugen dafür haben.
Der Kleingarten sollte zu diesem Ort werden. Gegenüber den Gartennachbarn würde sie durchblicken lassen, dass dies der Mann ihrer langjährigen Freundin sei, der ihr bei den schwereren Arbeiten freundlicherweise zur Hand gehen würde. Sie sei ja so dankbar, von allen Seiten Hilfe zu erhalten und registriere erfreut die Bemühungen, ihr über den Verlust ihres Mannes hinweghelfen zu wollen. Der Geliebte würde, ohne Verdacht zu erregen, so

oft es ihm möglich war, in den Garten kommen können, in dem die Schäferstündchen unauffälliger abzuhalten sind als in ihrer Wohnung.
Sie würde nicht vor dem Ziel innehalten!
Die andere hatte ihn lange genug!
Wusste die überhaupt, wie gut es ihr ging, ihn jahrzehntelang als verlässlichen Partner an ihrer Seite zu haben?
Warum hat es mit ihm und mir nicht geklappt, als wir jung waren, fragte sich Irene. Störten meine Kinder? Fürchtete er die Reaktionen seiner Eltern? Sollte die andere ihn so fasziniert haben, dass er mich nicht wollte?
Egal! Inzwischen bin ich unabhängig, auch finanziell! Ihre Anziehungskraft auf ihn wird sicher nachgelassen haben, wenn ich mir anschaue, wie pummelig die geworden ist!
Meine Chancen sind ausgezeichnet! Es ist nur eine Frage der Zeit, wann ich Erfolg haben werde!

Doris und Werner legten die Sachen für den anstehenden Urlaub zusammen.
Beide schienen unverändert, obwohl ihre Gedanken abschweiften. Er sann über die Verlockungen der Anderen nach und was sich daraus entwickeln könnte. Wie ließe sich ein Verhältnis verheimlichen? Wie würde Doris reagieren, wenn sie davon erführe? Ist Irene

wirklich eine solch faszinierende Frau, für die es sich lohnt, Doris zu betrügen? Ihre Blicke hatten ihn aufgewühlt, obwohl sie ihm, abgesehen von einigen Begebenheiten, eher uninteressant und langweilig erschienen war. Sie wirkte brav, fast züchtig, während sich hinter dieser Fassade ein Vulkan an Leidenschaft verbarg, in dessen Krater er geschaut hatte. Wog Leidenschaft die ungezählten Gemeinsamkeiten und Interessen mit Doris auf? Warum, so fragte er sich, scheiterte Irenes erste Ehe und ihre vielen Verhältnisse in den Jahren nach der Scheidung? Forderten ihre Blicke mehr, als im Gewöhnungsalltag erlebbar war?

Er schaute zu Doris hinüber, die seine Hemden in den Koffer legte und wie nebensächlich fragte: „Werner, was war das vorgestern bei Irene? Habt ihr geglaubt, ich hätte eure Blicke nicht bemerkt? Während ich redete, fragte ich mich, ob ich still werden soll, um euch aufhorchen zu lassen. Mir ging durch den Kopf euch zu fragen, ob ihr allein sein wollt und ich schon mal fahren soll? Diese Redewendung wandten wir bei ähnlichen Gelegenheiten in unserer Jugend an, du erinnerst dich? Ich saß dabei, spielte die Ahnungslose und wusste nicht, in welchem Film ich war, um mein Erstaunen mal

zeitgemäß auszudrücken. Balzt die dich an, oder bilde ich mir das ein?" „Das hast du ganz richtig beobachtet. Du bildest dir nichts ein."
„Habe ich das verdient? Habe ich von meiner langjährigen Freundin verdient, dass sie mir das Beste, das mir in meinem Leben begegnete, ausspannen will?" „Nein!" „Hätte deine Männlichkeit Schaden genommen, wenn du ihren Blicken ausgewichen wärest? Wie fühlt man sich, wenn man in so offensichtlicher Weise wortlos angesprochen wird. Fühlt man sich geschmeichelt oder in die Nähe von Callboys gerückt? Dass du ein dufter Typ bist, weiß ich seit unserer allerersten Begegnung. Frauen gutaussehender Partner müssen toleranter sein und auf das Selbstbewusstsein ihrer Männer vertrauen und hoffen, dass die die verschiedenen sexuellen Angebote ablehnen. Wenn es eine fremde, möglicherweise Jüngere gewesen wäre, die dich anbaggerte, hätte ich das verstehen können, aber meine Schulfreundin, die zudem häufig durchblicken ließ, dass du für sie uninteressant wärest. Geglaubt habe ich ihr das nie wirklich, weil du nicht nur gut aussiehst, sondern meist witzig und unternehmungslustig bist. Schlicht, der ideale Mann, wenn es den überhaupt gibt. Dass es meine jahrzehntelange Vertraute ist, die dich intensivst begehrt, fasse ich nicht!

Deine Mutter mochte Irene nie leiden und nachträglich muss ich ihr Recht geben. Sie sagte häufig: ‚Gutheit ist Dummheit.' Dumm komme ich mir vor, weil ich bedingungslos an Freundschaft glaubte. Wie Hohn erscheinen mir die Worte Schillers: `... und die Treue, sie ist doch kein leerer Wahn, so nehmt auch mich zum Genossen an! Ich sei, gewährt mir die Bitte, in eurem Bunde der Dritte.´ Naiv war ich, die glaubte, Freundschaft sei möglich zwischen Menschen, die sich viel zu sagen haben. Meist waren wir in unseren Meinungen sehr nahe, konnten gut miteinander reden, aber ich frage mich ernsthaft, was das für eine Freundin gewesen ist, die mir tiefe Schmerzen zufügen will, um die eigenen zu verdrängen? Wie kann man jemandem, von dem man so viel weiß, wie sie von mir, wie kann man dem so etwas zufügen wollen? Schiller starb zu früh, um die Unrichtigkeit seiner Aussage in der `Bürgschaft´ erleben zu müssen. Wäre er so alt geworden wie ich, wären ihm vielleicht Zweifel an seinen eigenen Worten gekommen. Er idealisierte Freundschaft und Treue. Viel zu lange glaubte ich den Ausführungen meiner Deutschlehrerin, die uns diese Ideologien vermittelte. Ob alle meine Klassenkameraden so tief davon beeindruckt waren wie ich, weiß ich nicht. Irene bestimmt nicht!"

Doris tolerierte in Bezug auf die Verhaltensweisen ihrer Freundin vieles, das für sie selbst undenkbar zu tun wäre und das sie bei anderen Menschen rigoros verurteilt hätte.
Nachträglich fragt sie sich, welche Anziehungskraft Irene offensichtlich auf sie ausübte, die sie für zuverlässig, harmlos, unterstützenswert hielt. Mit anderen Mitschülerinnen verbanden Doris gleichfalls feste Freundschaften, aber die mit Irene war etwas Besonderes, hatte sie geglaubt!
Sie hatten sich gegenseitig viel anvertraut!
Doris sprach über die Suchtprobleme ihrer Mutter und über die Tragik der Alzheimererkrankung ihrer Schwiegermutter, deren Schwere der Pflege sie drückte.
Irene berichtete von den Verletzungen während ihrer ersten Ehe.
Sie tauschten sich über ihre Kinder aus, unternahmen gemeinsam Ausflüge an Sonntagen. Die Freundin besaß kein Auto und so erlebten ihre Kinder zeitweise etwas, das für die Meisten selbstverständlich war.
Die Sonntagsfahrten und Wanderungen hätte Werner lieber allein mit seiner kleinen Familie unternommen, aber Doris bezog die Anderen mit ein und er ließ es zu.
„Ich war der festen Überzeugung, uns hätte eine gute Freundschaft verbunden. Die vielen

Fahrten, die wir gemeinsam unternahmen, weil mir die Kinder leid taten! Die vielen Einladungen bei uns! Sie tobten im Garten umher, während Irene und ich beim Haus Kaffee tranken." „Du hast sie immer mit einbezogen!" Werner betonte das „Du" stark. „Ich hab mich so manches Mal darüber gewundert! Dabei waren die vielen Kontakte mit Sicherheit gefährlicher, als wir noch jünger waren. Du schienst die permanente Gefahr, die für Beziehungen von ihr ausging, gar nicht bemerkt zu haben! Und sie besteht noch, wie die neuerlichen Versuche zeigen!" „Ich habe sehr wohl gewusst, dass die beste Freundin der Frau oft die beste des Mannes wird. Das ist eine alte Geschichte. Aber mein Vertrauen in euch beide war so groß, dass ich den Gedanken an Eifersucht beiseite schob.

Natürlich hatte ich oft Bedenken, wenn du später von der Arbeit kamst, aber ich unterdrückte sie. Die Kanaille, wie ich sie nach dem letzten Sonntag bezeichnen möchte, wohnte da ja noch näher bei deiner Firma und es hätte sich durchaus ein Verhältnis aufbauen lassen. Bei ihrer Vorliebe für Verheiratete! Aber, ich verbot mir, besonders nach der Fete, an der ihr euch intensiv küsstet, diesem Gedanken zu viel Platz zu lassen! Man war ja tolerant! Anne war sogar darüber erstaunt, dass ich euch die

Nasen zugehalten habe und sagte, `das hätte ich nie getan!´ Es wäre eifersüchtig erschienen. Aber auch ihre Toleranz stieß an ihre Grenzen, als sie mit ihrem Mann Ähnliches erlebte.

Irene hat es ganz geschickt angefangen, als sie vor der Scheidung stehend ihre Furcht zum Ausdruck brachte, dass unsere Freundschaft zerbrechen könne, wie das häufig nach Trennungen ist, wenn Geschiedene als Gefahr betrachtet und fallen gelassen würden. Ich versicherte ihr, dass dies nicht geschehen werde und ließ meiner Zusage auch Taten folgen! Friedrich Schiller lässt schön grüßen! Mit Sicherheit war sie für mein Leben wichtig und ich für ihres. Das wäre auch so geblieben, wenn es besonders letzten Sonntag und die vorherige Anmache nicht gegeben hätte. Die zickigeren Töne gegen mich entschuldigte ich mit ihrem Ausnahmezustand. Über Spitzen und Unhöflichkeiten sah ich hinweg und fragte mich, wie ich mich verändern würde, träfe mich ihr Schicksal? Zu diesem Zeitpunkt ahnte ich den wirklichen Grund für die Stutenbissigkeit noch nicht. Schlagmals war ich, ohne mich zu verändern, von der Freundin zur Rivalin geworden! Dass sie vorgestern, gegen alle Höflichkeit, dich bevorzugt behandelte und dir zuerst Salat und Getränke anbot,

erstaunte mich. Es erinnerte mich an die Situation zwischen Manfred und der Freundin seines Sohnes. Da war es Irene, die sich ungläubig fragte, ob es sein könne, dass die junge Frau Manfred absichtlich bevorzugte, oder ob das eine Frage der Unwissenheit sei. Sie fühlte sich provoziert und an den Rand gedrängt. ´Nicht, dass du glaubst, wir nehmen das ernst, aber ich möchte hierzu mal deine Meinung hören! Manfred sagt bei diesen Unhöflichkeiten gegen mich meist - Frisörinnencharme. Du meinst doch auch, dass ich mir das nicht gefallen lassen soll! - Ach, ich werde sie lieber nicht darauf ansprechen, sonst glaubt sie noch, ich sei eifersüchtig. - Ich werde Manfred bitten, mit ihr über die Taktlosigkeiten gegen mich zu reden.´ Jetzt erlebe ich die gleichen Verhaltensweisen gegen mich! Übrigens knirschte der Salat erheblich. Hast du auch gemerkt, wie schlecht er gewaschen war," fragte Doris spitz, während sie weiterhin Wäschestücke in den Koffer packte. Ihr Gesicht und ihre Stimme waren angespannt.
„Ja, er war ziemlich sandig! Du hast ja recht, wenn du sauer bist und dich fragst, was für eine Freundin Irene ist! Aber, erinnere dich, ich habe gesagt: ´Ich komme nicht mit! Fahr alleine!´ Ich wollte keine Wiederholung des vorherigen Anbalzens, wie du es nennst. Ich

wollte kein zweites Mal in diese Situation versetzt werden, aber du hast geantwortet: `Jetzt habe ich zugesagt, weil wir sowieso dort in der Nähe sind. Komm mit! Sie wird dich schon nicht vergewaltigen! Es ist der letzte Kontakt vor unserem Urlaub!´ Und noch gemeinsame Urlaube mit ihr zu planen! Lernst du eigentlich nie aus? Glaubst du, dass sie sich, wenn die Situation umgekehrt wäre, um dich kümmern würde? Erinnere dich mal genau, wie sie den Kontakt zu uns unterbrochen hatte, als ihre erste Ehe andauerte, obwohl wir zuvor häufig zu viert tanzen waren und gemeinsam feierten. Es ist kein Grund, dass sie damals in Soest wohnte. Als die Ehe gescheitert war, fiel ihr eure Freundschaft wieder ein. Über zehn Jahre lang haben wir sie in unser Leben, unseren Freundeskreis einbezogen, um zu erleben, dass sie sich gleich nach ihrer Heirat mit Manfred zurückzog. Wenn du nicht immer angerufen hättest, wäre der Kontakt längst eingeschlafen. Du glaubst doch nicht, dass Manfred dich mit in den Urlaub nehmen würde und sie ebenso wenig! Wenn du mal angerufen hast, wenn er zu Hause war, wie unhöflich war er dir gegenüber! Du hast mir erzählt, dass du dann manchmal sagtest: `Nun beiße mich doch nicht gleich! Ich möchte nur kurz deine Frau sprechen!´ - Ja, du sagst es, er war arrogant. Sicher spielte da auch Eifersucht auf eure Beziehung mit. Er soll ja durchblicken lassen haben, dass er euch für Lesben halten würde, wüsste er es nicht besser. Wie man sich nur immer so viel zu sagen haben könne, fragte er. Ich habe eure Freundschaft stets toleriert, obwohl ich selbst nicht an Freundschaft glaube. Scheinbar habe ich mit meiner diesbezüglichen Meinung nicht ganz unrecht", sagte Werner.

„Nun backt sie ja noch den Kuchen und wird uns den bringen. Damit braucht sie gar nicht zu beginnen, ich möchte es nicht. In den beiden letzten Tagen bin ich zu der Überzeugung gelangt, dass ich mit ihr über ihr Verhalten reden werde. Sie soll mich nicht für dumm halten. Das würde ich nicht ertragen. Es muss ein Schlussstrich gezogen werden.

Eigentlich kann ich ja noch froh sein, dass sie so auffällig vorgegangen ist und ich sofort aufmerksam wurde. Obwohl sie glaubte, geschickt zu sein, war es stümperhaft. Wenn ich mir ausmale, dass ich ertragen müsste, wie ihr flirtet und ich scheinbar arglos daneben sitze und leide, wenn ich mir vorstelle, ich würde Interviews oder Filme schneiden und ihr träfet euch zum Beischlaf, schon der Gedanke macht mich krank. Es sind alte Wahrheiten: Gelegenheit macht Liebe, aber

auch: Steter Tropfen höhlt den Stein! Der stete Tropfen des Liebesangebotes hätte dich möglicherweise schwach gemacht, mich mit Sicherheit ausgehöhlt und leiden lassen. Ich werde Irene anrufen. Bleib hier und hör mit!"
Werner reichte Doris das Telefon herüber, die die häufig angewählte Nummer drückte.
Sie hörte die Erwartung in Irenes Stimme, registrierte, wie sich Trauer einschlich, als sie sich gemeldet hatte und sagte: „Irene, du brauchst den Kuchen nicht zu backen!" Ihre Stimme war fest. Sie sprach in kurzen Sätzen. Rhetorischer Kniff, wenn man sich durchsetzen, glaubhaft sein möchte. Dem: „Mach ich aber gerne. Mir macht das nichts aus! Ich bring ihn euch auch!" widersprach sie mit einem knappen: „Nein, danke! Nicht nötig!" Nach kurzer Pause: „Irene, ich möchte gern über dein Verhalten von Sonntag reden!" „Was habe ich denn gemacht? Ich habe doch gar nichts getan!" Die Stimme klang harmlos, ahnungslos. „Wenn ich deutlicher werden muss - ich möchte in meinem Alter Gefühle wie Eifersucht nicht mehr erleben müssen!" entgegnete Doris fest und ruhig. „Werner und ich haben uns lange über dich unterhalten und sind zu dem Ergebnis gelangt, dieses Telefonat zu führen. Du sendest unmissverständliche Signale aus, über die du nachdenken solltest!"

„Ich habe gar nichts gemacht. Das bildest du dir ein! Sag mir, was ich gemacht haben soll" klang ihre Stimme empört. „Irene, es geht nicht darum, dass ich mir etwas einbilde! Wir haben zu zweit deine Körpersignale registriert! Wenn so etwas nach zweiundvierzigjähriger Freundschaft möglich ist, musst du etwas falsch verstanden haben!" Doris sprach langsam, ließ kurze Pausen. Irene entrüstete sich: „Das bildest du dir ein! Du leidest an Verfolgungswahn!" „Wir - sind - zu - zweit! Und in meinem Leben muss sich nicht unbedingt alles wiederholen!" „Dann bildet ihr euch beide etwas ein! Daran könnte ich jetzt noch gar nicht denken." „Das hatte ich auch geglaubt!" „Werner könnte mich", Irene unterbrach sich und Doris wusste, dass sie sagen wollte: „Werner könnte mich überhaupt nicht reizen!" Das betonte sie gern bei verschiedenen Gelegenheiten und Doris war erstaunt, wie selbstverständlich die Kanaille zu lügen bereit war. Zwei Tage zuvor hatte sie einen untrüglichen Beweis für das Gegenteil abgelegt. Werner schien fast enttäuscht, als Doris ihm von dem Satzfragment berichtete, als er sagte: „Auch das noch!" In den drei Worten schwang Empörung mit wegen der Unwahrhaftigkeit. Während des Telefonats fuhr Irene fort: „Du kannst mir nur leid tun!

Du leidest an Verfolgungswahn." Doris war über den Angriff nicht betroffen. Er zeigte ihr, dass Irene aufgewühlt war, als sie erneut fragte: „Was habe ich getan? Sag mir das!" Die Stimme der Angerufenen bebte leicht. Doris ging nicht auf deren Frage ein. Die Situation im Kleingarten am trüben Sonntagnachmittag war eindeutig und bedurfte keiner Erörterung. Sie sagte bestimmt: „Trost auf meine Kosten wird es nicht geben!" „Wie kannst du so etwas denken? Ich bin empört!" entgegnete Irene vorwurfsvoll. „Ich - auch!" und nach einer kleinen Pause fügte Doris hinzu: „Irene, ich bin dick, aber nicht doof!" Die Angerufene schien die Ernsthaftigkeit der Unterredung zu begreifen, hatte an diesem Punkt verstanden, dass es sinnlos war, weiterhin die Arglose zu spielen und fragte bekümmert: „Das war's dann wohl?" „Ja, das war's. Wir fahren jetzt erst einmal in den Urlaub, danach sehen wir weiter!" antwortete Doris, eine konkrete Entscheidung verschiebend und legte wortlos auf.

Nach Beendigung des Telefonats war Irene bestürzt, fühlte sich verraten von Werner, dem ihre Zuneigung galt und der sich mit ihrer Rivalin über ihr Angebot unterhalten hatte. Lange Zeit sogar! Wie kann der nur so töricht sein! Hat er möglicherweise von sich aus mit seiner Frau zu sprechen begonnen? Aber sie hat ja gesagt, sie hätte auch Signale wahrgenommen! Wie konnte das sein, bei der Sitzordnung? Beim ersten Mal hat sie doch auch nichts bemerkt! Der weiß gar nicht, was er verpasst! Einen Besseren gibt es zur Zeit nicht. Er hat Zeit! Zuerst habe ich ja überhaupt nicht verstanden, dass er mit Erreichen seines sechzigsten Lebensjahres fünf Jahre hindurch seine Arbeit als Halbzeitstelle ausübte, um jetzt schon völlig aus dem Berufsleben auszuscheiden. Das wäre bei Manfred undenkbar! Der liebte seine Arbeit und würde nach dem fünfundsechzigsten Lebensjahr sicher weiter machen, wenn man ihn ließe. Oft hatte sie Doris gegenüber ihre Vorbehalte gegen Werners Entscheidung mitgeteilt, den sie verdeckt in die Ecke Arbeitsscheuer stellte, während seine Frau erwiderte: „Meine Liebe, wir haben uns das sehr wohl überlegt und ich habe Werner gesagt, dass es zum gegenwärtigen Zeitpunkt und in der Zukunft finanziell möglich sein wird, sich sein Stück Lebensqualität, mehr Zeit zu haben, zu holen! Werner hat noch ein Jahr lang weiterhin voll gearbeitet und überlegt, ob er die Blüm-Rente, wie ich sie immer nenne, nutzen möchte. Ich finde, dass jemand, der wie Werner so lange ununterbrochen berufstätig war, das Recht auf

Verbesserungen hat, wenn sie sich bieten. Werner wollte nicht!
Ich habe es ihm vorgeschlagen. Er hat sich mit seiner Entscheidung Zeit gelassen und hat sie nicht bereut! Ich übrigens auch nicht. Wir müssen zwar jetzt mit erheblich weniger Geld auskommen, aber wir haben mehr gemeinsame Zeit. Auch für mich wird hier alles leichter, denn Werner kann sich endlich mehr um den Garten kümmern. Und an den Gebäuden ist auch immer etwas zu erledigen. Erinnere dich mal daran, wie viel Schwerstarbeit ich erledigen musste, wenn unser Schwarzarbeiter und ich umbauten und nach und nach alles renovierten. Wenn Werner dann nach achtzehn Uhr von der Arbeit kam, war er meist für handwerkliche Tätigkeiten nicht zu gewinnen. So glaube ich, dass nicht nur Werner, sondern auch ich seine Blüm-Rente verdient haben. Ich werde nicht böse sein, wenn er sich hier mehr einbringt. Schade nur, dass fast alles fertig ist!"

Jetzt kam Irene diese Entscheidung auch recht!
Er würde häufig Fahrradtouren unternehmen, während Doris malt, schreibt oder schneidet. Warum sollten die Fahrten nicht in ihren Schrebergarten führen, der für gewisse Tätigkeiten die Kraft eines Mannes brauchte

und sie auch. Dennoch empörte sie, dass ihre beste Freundin zu glauben imstande war, sie wäre so charakterlos, deren Mann anzumachen. Die musste sie doch besser kennen! Ach, wurde sie zuversichtlich, das wird sich schon wieder geben! Ich werde sie überzeugen, dass sie sich das eingebildet haben, das Ganze ein Missverständnis ist. Sie hängt an mir! Bisher hat sie mir immer geglaubt und mir ist es stets gelungen, Missverständnisse aufzuklären. Und wenn es dieses Mal nicht klappt? fragte sie sich einem Moment lang erschrocken und verbot sich, diesen Gedanken weiter zu verfolgen.

Doris war nicht erleichtert, eher enttäuscht, dass dieses Telefonat überhaupt geführt werden musste. Es zog einen vorläufigen Schlussstrich unter eine Beziehung, die von ihrer Seite ehrlich und freundschaftlich offen unterhalten wurde. Dies glaubte sie auch von Irene, wollte es glauben! In ihre Grübeleien schlichen sich immer öfter Zweifel an deren Wahrheitsliebe! Bestand die Harmonie nur oberflächlich und die Meinungsgleichheit nur deshalb, weil ihr die Freundin nach dem Munde sprach? Konnte sich jemand über einen so langen Zeitraum hinweg derartig verstellen? Während der unendlich langen Momente, in denen ihre Exfreundin Werner in die Augen sah, wurden auch Doris Augen geöffnet - geöffnet für einen Rückblick.

Schon in der Schule mochte sie das große, besonnene Mädchen. In der Berufsschule trafen sie sich wöchentlich, weil beide eine Ausbildung in einer Bank machten. Doris kannte Werner bereits seit der Schulzeit. Er bekam das Auto seines Vaters häufig geliehen und so nahmen sie Irene mit zu Veranstaltungen bis die Olaf kennenlernte. Er war der Erste, aber nicht der Beste, war unzuverlässig und trank nicht eben wenig. Und sie, die ihr Feuer hinter Harmlosigkeit verborgen hatte, flammte hell auf, wurde schwanger, heiratete, verzog nach Soest, wurde betrogen, ließ sich scheiden, krankte an den Demütigungen während ihrer Ehe und wurde selbst zur Ehebrecherin. Sie unternahm verschiedene Versuche, sich Werner zu nähern, blieb erfolglos, heiratete ein zweites Mal. Bei Manfred erzielte sie die gewünschte Wirkung, die sich in vielen anderen Fällen auf lebhafte, meist kurze, sexuelle Kontakte beschränkte. Er ließ sich scheiden, um mit ihr zusammen zu leben. Er war ein dünkelhafter Mensch, an dem sie nie etwas auszusetzen hatte. Sie passte sich an, schien die krassen Unhöflichkeiten des andererseits Galanten nicht zu bemerken, sagte: „Das stört mich nicht, wenn er nur zu mir gut

ist!" Gemeinsam zogen sie in einen Eigentumswohnungenkomplex. Später erwarben sie, nach Beratungen mit Doris, die angemietete Wohnung. Danach kauften sie, was allen völlig unfassbar erschien, einen Kleingarten.
Doris meint, auch hierfür den Anlass geliefert zu haben. Als sie von der Anschaffung eines Anrufbeantworters berichtete, fragte Manfred: „Wofür brauchst du einen Anrufbeantworter?" „Weil ich bis zu einem gewissen Grad erreichbar sein möchte. Nicht überall, deshalb lehne ich Handys ab. Wenn ich im Garten bin, bin ich weg. Füttere ich meine Hühner, höre ich kein Telefon!" Kurze Zeit nach dem Gespräch rief Irene an und teilte freudig den Kauf eines Kleingartens mit. Doris war überrascht, denn eigentlich passte zu keinem von Beiden ein Schrebergarten.
Zuvor hatte die Anruferin häufig betont, wie froh sie sei, keine Gartenarbeit erledigen zu müssen und wie dankbar, beim Blick aus dem Fenster oder vom Balkon in eine geordnete Gartenlandschaft blicken zu können, die regelmäßig von Gärtnern gepflegt wurde. Doris ist begeisterte Gärtnerin. Die wurde Irene auch durch ihren Schrebergarten und sie schwärmten gemeinsam vom Wechsel der Jahreszeiten und tauschten Kenntnisse und Stauden aus. „Das habe ich mir nicht vorstellen können und

nie so verstanden, dass du deinen Garten liebst. Ich hatte das Gefühl, du stöhnst über die Arbeit!" „Sicher habe ich auch über Rückenschmerzen geklagt, aber meine Begeisterung über meinen Garten ist offenkundig und hätte eigentlich auch von dir verstanden werden können! Aber ich bin froh, dass du jetzt weißt, wovon ich spreche, wenn ich stolz bin, die anstrengende Arbeit erledigt und positive Veränderungen geschaffen zu haben.
Ich genieße den Blick aus meinem Wohnzimmerfenster auf ein Stück Erde, das ich so gestalten kann, wie ich es haben möchte."
„Das wäre nichts für uns! Wir freuen uns, wenn wir zum Garten fahren, dort Arbeiten erledigen oder entspannen, freuen uns, wenn wir wieder zu Hause sind und uns die liegengebliebene Arbeit nicht anschaut. Wir fänden einen Garten beim Haus langweilig und belastend!" „Dass dem nicht so sein muss, dafür sind wir ein Beispiel!" entgegnete Doris fest.
Ganz am Beginn von Irenes Beziehung zu Manfred und den ersten Einladungen bei ihnen, störte Doris auf eine unerträgliche Weise, wie der Partner ihrer Freundin durch den Brackelschen Garten stolzierte. Man spürte, wie er abschätzte, ob jemand, der ein so riesiges Grundstück in dieser exponierten Lage besitzt, reich wäre. Sein taxierender

Blick reichte aus und es bedurfte nicht der weiteren Fragen nach Grundstücksgröße und Grundstückspreisen in dieser Gegend. Doris hat bisher keinen Menschen getroffen, der vergleichsweise ähnliche Signale aussandte.

Ihr Satz: „Wenn ich im Garten bin, bin ich weg!" hatte zum Kauf des Schrebergartens geführt, weiß sie, denn sie spürte seine Sehnsucht, nicht jederzeit erreichbar sein zu wollen. Er wollte sich Telefonaten seiner Kunden, seiner Mutter und Kinder entziehen und in eine andere Welt eintauchen. Er wurde begeisterter und stolzer Kleingärtner, saß, weithin sichtbar, in der würdevollen Haltung eines Großgrundbesitzers auf seiner rot gestrichenen Bank und las die „Frankfurter Allgemeine", schirmte sein kleines Refugium gegen Störungen ab und war wenig begeistert, wenn Doris und Werner ein Mal im Sommer für kurze Zeit dort eine Pause auf einer ihrer Radtouren einlegten.

Jetzt stand das Fahrrad seiner Frau bei den Brackels und sie wartete auf Ausflüge mit ihnen, bei denen sich die Angebote an Werner vertiefen ließen. Sie war ungeduldig, sah nicht ein, dass die Beiden inaktiv waren. In kurzen Abständen wurden sie gegen vieles wegen des Urlaubs geimpft. Irene sagte: „Ach, das Impfen macht doch nichts! Da bist du wieder einmal zu ängstlich!" „Immerhin werden wir bei jeder neuen Impfung gefragt, welche Nebenwirkungen wir hatten und man ist ganz offensichtlich erstaunt, dass wir die Rosskur ohne weiteres überstehen. Das kann auch daran liegen, dass wir uns körperliche Anstrengungen strikt untersagen. Wir können es uns doch einrichten und müssen nicht so töricht sein, unseren, mit Sicherheit nicht mehr jungen Körpern, zu viel zuzumuten! Die Studienfahrt verlangt uns auch einiges ab! Das machen wir ja nicht zum ersten Mal!" „Eine Radtour strengt doch nicht an!" „Irene, du magst das anders sehen, aber ich halte unsere Überlegungen für richtig!"

Sie drängte sich in das Leben der anderen, die sie aus ihrem, wenn sie feste Beziehungen hatte, ausschließen wollte. Immer war es Doris, die den Kontakt nicht abbrechen ließ und die der Freundin auch dieses Mal gerne wieder beigestanden und sie mit einbezogen hätte, aber nach ihren eigenen und Werners Spielregeln.

„Fahr in der nächsten Zeit nicht mehr nach Langeoog! Das wird dich zurückwerfen und viele Erlebnisse mit Manfred werden dir ins Gedächtnis gerufen. Die Erinnerung und deine Einsamkeit werden dich traurig machen! Schließ dich doch einer Gruppe an! Bei uns fahren auch immer etliche Alleinstehende mit!" „Nein, nach Langeoog fahre ich so schnell nicht wieder! Die Wohnung habe ich schon abbestellt. Ich habe auch schon daran gedacht, mich eurer Reisegruppe anzuschließen! Fahrt ihr weiterhin mit denen, obwohl du unzufrieden warst!" Doris wurde hellhörig und registrierte einen weiteren Fall größten Missverständnisses zwischen ihnen. „Wie kommst du denn darauf, dass mir unsere Urlaube nicht gefallen hätten? Ich war doch immer begeistert von dem vielen, das wir sehen konnten und von der Organisation! Wieso hast du in Erinnerung, dass es mir nicht gefallen haben könnte? Anstrengend ist es allemal, aber es reisen viele sehr viel ältere Menschen, als wir es sind, mit und schaffen die Tour! Erholung ist es bestimmt nicht! Werner war anfangs ablehnend, aber ich wollte unbedingt und sagte, wir seien ja keine Siamesischen Zwillinge und ich wäre ohne ihn gefahren, so sehr hat mich das Programm gelockt. Aber, das habe ich dir doch alles ausführlich erzählt. Da verstehe ich nicht, dass du den Eindruck gewonnen haben willst, dass es uns nicht zusagte. Solange die Gruppe fährt, möchten wir dabei sein. Du warst diejenige, die immer sagte, das wäre nichts für euch. Ihr würdet euch freuen, in den seit Jahren bekann-

ten Ort zu kommen, zu wissen, wo was zu finden sei und von der ersten Minute an Urlaub zu haben! Das war noch nie unser Ding! Was haben wir für erlebnisreiche Fahrten unternommen, als wir noch den Bulli hatten! Wir sind neugierig auf neue Eindrücke, aber das wirst du nicht verstehen. Du bist ja ganz anders als ich - aber Gegensätze ziehen sich an! Unsere nächste Fahrt geht rund um die Ostsee. Wir werden sieben Länder besuchen, zwei Zeitverschiebungen erleben, in St. Petersburg wohnen und in sieben weiteren Städten. Ich werde viel filmen, da unwiederbringliche Eindrücke auf uns warten werden. - Meinst du wirklich, das wäre etwas für dich? Du hast mir nun jahrelang etwas anderes erzählt. Da will ich noch einmal darauf hinweisen, dass wir morgens sehr pünktlich starten oder rechtzeitig an bestimmten Treffpunkten sein müssen. Fast täglich wird das Hotel gewechselt. Es ist spannend, aber nicht gerade so gemütlich, wie du es liebst. Überlege es dir gut! Ich würde dich dann für das nächste Mal vormerken lassen!"
Irene wollte!
„Bis zum nächsten Jahr wird sich mein Gemütszustand gebessert haben, da werde ich nicht mehr so betrübt sein! Ihr werdet mir gut tun!"

Doris wusste inzwischen, wie das gemeint war!

Erst kürzlich hatten Irene und Manfred einen jener, sie seit Jahren faszinierenden Urlaube beendet. Das Wetter war, für Nordseeverhältnisse, schön. Sie unternahmen wieder häufigere und längere Radtouren, gelangten an einem Tag zum Ostzipfel der Insel und kehrten in der Meierei ein. Sie saßen an einem windgeschützten Platz vor dem Haus und genossen die Zeit. Dieses Ziel hatten sie schon sehr lange nicht mehr angesteuert, weil Manfred sich dazu nicht aufraffen konnte. Längere Wanderungen als in den Vorjahren unternahmen sie am Strand entlang.

Sie schlenderten durch den kleinen Ort, stellten sich vormittags in der Schlage der Wartenden an, um nach langer Zeit wieder einmal den Wasserturm zu besteigen, liefen zum „Strandkrug," um durch die Glasfront die Aussicht auf das Meer zu genießen. Sie erlebten ihre Insel neu, waren, nicht nur vom Wein beschwingt. Manfred hatte den Alltag völlig abgelegt, was ihm während der vorherigen Urlaube nur scheinbar gelungen war. Auch sexuell war er aktiv, wie lange nicht mehr. Er konnte ihr das, das sie Zeit ihres Lebens stark benötigte, wieder geben. Die potenzsteigernden Mittel taten ihre Wirkung

und irgendwie schienen sie sich auf alle Bereiche des Urlaubs positiv auszuwirken. Irene schwärmte nach ihrer Rückkehr, dass Manfred sich so gut erholt habe, wie lange nicht mehr, schwärmte von der schönen Wohnung, die wieder liebevoll gemütlich war, erzählte, dass sie sie schon für das nächste Jahr gebucht hätten und sich bereits jetzt darauf freuen würden.
Die Freundinnen sahen sich nicht oft, telefonierten jedoch regelmäßig.
Auch von Manfreds plötzlichen Tod, nur kurze Zeit nach dem besonders schönen Urlaub, erfuhr Doris telefonisch. Zunächst von abrupt einsetzenden Schmerzen und Bewegungsunfähigkeit, dem künstlichen Koma, den Notoperationen - vom Platzen der Hauptschlagader.
Doris war zutiefst erschüttert und es war selbstverständlich, dass sie der Freundin, wenn man das überhaupt kann, über die schwere Zeit hinweg noch enger begleiten würde, als bisher.
Sie rief einmal mehr als gewöhnlich an. Erfuhr, welche Veränderungen Irene durchführte, welcher Aktionismus sie überfiel, hörte ihr zu, wenn sie von ihrem Schmerz berichtete, versuchte, sich in die Lage der Freundin zu versetzen, war bereit, noch mehr für diese Freundschaft zu leisten, die an diesem feuch-

ten Sonntag im Kleingarten an ihre Grenzen stieß!

Doris war bestürzt, als sie in aller Weite erkannte, was Irene ihr anzutun bereit war. Sie hatte diese Frau zu ihrer Freundin gemacht, sie erwählt, getragen, um nun diesen Betrugsversuch erleben zu müssen.
Glaubte die Kanaille wirklich, Werner würde wegen der Beischlafvorfreude ihre Gartenarbeit erledigen, während Doris, wie bisher, einen Garten von mehrfacher Größe eines Schrebergartens weiterhin allein bearbeiten würde? Glaubte die Kanaille wirklich, die Brackels würden auf viel Geld verzichteten, damit Werner mehr Muße hätte, sich ihr zuzuwenden? Malte die sich Chancen aus, Doris von ihrem angestammten Platz zu vertreiben, um den selbst einzunehmen?
Bei einem ihrer häufigen Telefonate hatte sie einmal gesagt: „Manfred hat mich ja nicht freiwillig verlassen. Der Gedanke tröstet mich!" Hieraus lässt sich ableiten, glaubt Doris, dass noch schlimmer als der Tod eines Partners das Verlassenwerden sein muss, zumindest nach Irenes Sicht und Erfahrung. Die Kanaille, die über vier Jahrzehnte ihre Freundin war, wollte ihr das, aus deren eigener Sicht, erdenklich Schlimmste zufügen und hegte Pläne, ihr Werner auszuspannen, plante

systematisch, Doris Ehe, die in wenigen Monaten fünfunddreißig Jahre währte, zu zerstören. Wenn dies nicht gelingen sollte, würde sie Doris zumindest zu betrügen! Warum wollte ihr jemand das Schlimmste zufügen, das er selbst erlebt hatte, fragte sie sich und ihre Beantwortungsversuche lagen zwischen Egoismus, Unbedachtsamkeit und Hass!
Doris Enttäuschung schlug in Spott um. Dass jemand, der sie eigentlich gut kennen und wissen müsste, wie beständig und manchmal kämpferisch sie in der Durchsetzung ihrer Ziele war, in ihr eine leichte Gegnerin sah, empfand sie fast als Beleidigung. Wenn es um so elementare Dinge wie ihre Verbindung zu Werner ging, konnte man mit ihr rechnen. Doris spöttelte, die andere leide an Realitätsverlust, wenn sie glaube, einen Mann wie Werner mit Sex und ihrer sonstigen Langweiligkeit fesseln zu können. Er hatte schon in jungen Jahren wenig Interesse an ihr bekundet. Welche Selbstüberschätzung gibt ihr die Hoffnung, ihre Anziehungskraft habe sich gesteigert? Glaubt die, er würde auf ihren strahlend schönen, gutsitzenden Zahnersatz und das, bei Bewegungen durch Kreuzschmerzen verursachte Stöhnen abfahren. Auch der übermäßige Weingenuss wirkte eher

abstoßend als kokett.
Schon seit einigen Jahren war Doris aufgefallen, dass Irene, wenn sie spätnachmittags mit ihr telefonierte, oft mühselig sprach. Manchmal, wenn Manfred eine Runde mit dem Hund um den Eigentumswohnungenkomplex machte, rief sie an, war äußerst mitteilsam und schwerzungig. Aus diesem Grund würde Doris, nach sicher nicht leichter Entscheidung, einmal einen Schlussstrich unter die Freundschaft ziehen müssen, war ihr schon oft klar, weil sie wegen der Sucht ihrer Mutter die Entwicklung nur zu genau kannte. Mit der meist Sanftmütigen, Harmlosen, die glaubte, Doris würde ihre Schwierigkeiten nicht ahnen, konnte sie nie über das Thema des übermäßigen Alkoholkonsums reden. Doris wusste, dass Irene so beleidigt gewesen wäre, um von sich aus die Freundschaft zu beenden. Auf deren Trinkverhalten würde das keine positiven Auswirkungen haben, wusste sie und schaute hilflos zu.
Dass der zungenlähmende Weingenuss Werner anheizen würde, war ausgeschlossen. Zudem geht Irene nie auf eine Kirmes und findet Rock-`n´-Roll schrecklich! Es gibt keine Übereinstimmung ihrer Interessen; der einzige, gemeinsame Nenner wäre Sex gewesen,

erkennt Doris, während sie mit ihrer Freundschaft abrechnet. Das Ende war unausweichlich und es nicht zu vollziehen, wäre für Doris kummervoller und emotional aufreibender, als zur rechten Zeit einen glatten Schnitt vorzunehmen, wurde ihr während der Studienfahrt klar. Sie ließ sich von den vielen Eindrücken und Erlebnissen ablenken und hatte dennoch das Gefühl, Irene reiste irgendwie mit. Nach der Heimkehr brauchte sie sich einfach nicht mehr bei Irene zu melden, könnte den Kontakt einschlafen lassen, wären da nicht die Bilder gewesen, die sie auf jeden Fall zurück haben wollte. Sie sind ein Teil von ihr, von ihrer Schaffenskraft. Irene haben sie nie getröstet und würden sie nach dem kürzesten Telefonat ihrer langjährigen Freundschaft höchstenfalls ärgern. Sie konnte der Rivalin nicht den Triumph lassen, ihre Acrylbilder wegzuwerfen.
Schon aus dem Grunde wollte sie sie zurück.
Die Initiative zur Rückgabe ging von Irene aus.
Am ersten Tag nach ihrer Rückkehr aus dem Urlaub erreichte Doris ein Brief aus dem gegenüberliegenden Stadtteil. Er war kühl und hochnäsig geschrieben. Die Schriftform war eine Kommunikationsform, deren sich die beiden Frauen nie bedienten. Doris schließt

daraus, dass Irene nach Möglichkeiten der Kontaktaufnahme suchte. Der Brief war handschriftlich mit Tinte verfasst und enthält einige offensichtliche Korrekturen und Fehler. In Spätnachmittagsstimmung geschrieben, ging es Doris durch den Kopf.
Er wurde Sonntags geschrieben und lautet:

Guten Tag Doris
Nach Deinem Anruf am Dienstag habe ich die ganze Woche über dich nachgedacht. *Ich auch! Es können nur sechs Tage gewesen sein, wie das Datum des Briefes aussagt, dachte Doris.*
Mir ist dabei klar geworden dass du überhaupt nicht ermessen kannst was der Verlust von Manfred für mich bedeutet und wie es in mir aussieht. *Das stimmt! - Es fehlen zwei Kommata.*
Du sagst, ich hätte Sonntag etwas signalisiert, was auch Werner gemerkt habe. (was auch immer du damit gemeint hast) *Die, wie immer, Ahnungslose.*
Ich habe nichts dergleichen getan. Was ich denke und fühle weiß ich. Was in euren Köpfen vorgeht weiß ich nicht. *Aha, sie ist zumindest von der Strategie abgegangen, mich allein anzugreifen und hat erhebliche Schwierigkeiten mit der Interpunktion.*

Egal was du in mein Verhalten interpretiert hast liegt nicht an mir sonder hat mit dir selbst zu tun, darüber solltest du nachdenken.
Jetzt geht sie schnörkellos zum Angriff über! Quetscht dabei zwei Buchstaben zwischen den Text, lässt einen und Satzzeichen aus! Bestimmt war es Sonntagnachmittag!
Am vergangenen Sonntag ging es mir gar nicht gut. Du warst an diesem Tag für mich sehr anstrengend. *Kann ich mir gut vorstellen! Ich war anstrengend, weil ich überhaupt da war! Es strengte dich an, zu überlegen, wie du mich wegkriegen könntest!*
Besonders deine Art sehr aggressiv und laut zu erzählen hat bei mir bewirkt dass ich dich angesehen habe ohne etwas aufzunehmen. *Die fehlenden Satzzeichen übersehe ich und entnehme diesem Part, dass sie auf dem richtigen Weg ist. Sie ahnt, dass es darum geht, jemanden angesehen zu haben. Nicht der Blick, den du mir gönntest, der deine Empfindungen widerspiegelte und tausend Sterne in deinen Augen funkeln ließ, den du kurz hieltest, weil du dich wieder in Werners Augen verbohren musstest, dieser Blick war es nicht, der unsere Freundschaft beendete, sondern die endlos langen und tiefen Blicke, die du mit Werner tauschtest. Soll ich von ihm*

verlangen, dass er wie ein Schuljunge deinen aufgeilenden Blicken ausweicht?
Meine Stimme fandest du aggressiv und laut, weil sie dich in die Wirklichkeit zurückrief.
Nachdem du mir die Freundschaft gekündigt hast bleibt bei mir das Gefühl der Enttäuschung aber auch Mitleid, wie sehr musst du dich immer bedroht fühlen.
Zumindest hat sie verstanden, dass unsere Beziehung eine andere Form angenommen hat, drückt das jedoch ganz geschickt in einer Schuldzuweisung gegen mich aus. Ich bin erstaunt zu lesen, dass ausgerechnet du Enttäuschung empfindest! Deinen Neid musste ich mir erarbeiten, auf dein Mitleid kann ich verzichten. „bedroht" wurde korrigiert. Wie kann jemand, der angeblich so viel liest, so wenig fehlerfrei schreiben und so wenig verstehen?
Deine Bilder und das Buch stehen abholbereit. Mein Fahrrad kann verschrottet werden.
Arrogant, wie Manfred.
Ich wünsche Euch alles Gute und verbleibe mit einem freundlichen Gruß
Irene

Das Briefende klingt versöhnlich, freundlich und lässt Brücken zu einer Fortdauer der Beziehung erkennen.

Doris verabredete telefonisch einen Termin zur Übergabe der Bilder.

Als Irene ihnen die Tür öffnete, fragte sie, ob sie Platz nehmen möchten, wies mit einladender Geste auf die Wohnzimmertür und fügte hinzu, „oder, wollt ihr lediglich die Bilder abholen?"

Sie wusste, dass sich alles richten würde. Sie kannte die Andere nur zu genau, hatte eine Ahnung davon, was der Freundschaft bedeutete. Ihr Brief hatte seine Wirkung erzielt, in dem sie jeden Verdacht von sich gewiesen hatte und sie war sicher, dass Doris, die Grüblerin, ihre eigenen Beobachtungen anzweifeln würde. Zudem war sie voll neuer Urlaubseindrücke, die sie sprudelnd erzählen würde, wie immer.

Sie würde zuhören, wie immer und um einen harmonischen Verlauf der Begegnung bemüht sein. An Werner würde sie vorbei schauen, Doris, den Regeln der Höflichkeit entsprechend, zuerst etwas anbieten, sanft und harmlos sein. Sie zweifelte nicht an einem Fortbestehen des Kontaktes, an dem ihr gelegen war, schon wegen der Hoffnung, es könnte zu einem späteren Zeitpunkt mit Werner klappen. Der geplante Urlaub und hoffentlich baldige Fahrradtouren würden Gelegenheiten bieten. Umsichtiger vorgehen würde sie müssen, wusste sie. War ihr Doris´ Anhänglichkeit oft lästig, jetzt war dieser Charakterzug nützlich!

Doris Antwort riss sie aus ihren Überlegungen, die knapp und bestimmt sagte: „Wir möchten nur die Bilder abholen! - Das Buch kannst du behalten. Ich lese nie ein Buch zwei Mal!"

Sie klemmten sich die Bilder unter den Arm. Doris sagte: „Die sind ja gar nicht so schwer. Das hätte ich auch alleine geschafft!" und nach einer Pause: „So, das war´s!"

Wortlos gingen sie hinaus ins Treppenhaus, verließen das Haus, spürten Irenes Blicke hinter der Gardine, waren ein Paar, das zusammengehört ohne Dritte im Bunde.

Irene hatte nicht verstanden, dass Werner wirklich zu keinen Boshaftigkeiten fähig war, besonders nicht gegen Doris.